Philipp Mosetter

Kurt
Die Legende unter den Ikonen

Roman

editionfaust

1. Auflage 2019

www.editionfaust.de

Lektorat: Elvira M. Gross
Druck: druckhaus köthen GmbH & Co. KG
Printed in Germany
ISBN 978-3-945400-70-8

I

Es ist in letzter Zeit still geworden um Kurt. Eine ganz eigenartige Stille ist das, die sich da um Kurt ausgebreitet hat. Immerhin war er einmal eine Legende, eine Ikone. Sogar eine Legende unter den Ikonen. Jetzt ist er verstummt. Wenn eine Stille vom Verstummen her kommt, klingt sie anders. Eine verstummte Stille klingt hohl, leer. Alles zu Sagende ist gesagt, verhallt, verstummt, daher das Verstummen. Schweigen hingegen klingt eher voll, also druckvoll, geradezu berstend voll. Voll von zu Verschweigendem. Ein Schweigen kann jederzeit ausbrechen, ein Verstummen nicht. Kurt ist jetzt, wie gesagt, verstummt, das Gesagte ist verhallt. Vielleicht bis auf einen Satz, der hallt noch immer etwas nach: „Das Leben ist reine Zeitverschwendung." Hat er mal gesagt.

Kurt, die Legende. Die lebende Legende. Das war einmal.

Meine Güte, was hat Kurt früher für eine Stimme gehabt, die wurde gehört, die hatte Gewicht, legendär seine Kampagnen! Kann sich heute keiner mehr dran erinnern, aber legendär waren sie. Damals. Kurt hatte einen Namen! Nicht nur in der Branche, nein, sein Name war eine Legende, er eine Ikone, weit über die Branche hinaus. Damals hatten ja alle noch ganz normale Namen. Sie hießen Hans oder Michael oder Peter, nannten sich Charly oder Mike oder eben Peter, ganz normale Namen, wie gesagt. Auch die Frauen. Sabine, Karin, Gabi, ganz normale Namen hatten die damals alle noch. Daher spielt der Name, also sein Name, nicht wirklich eine Rolle. Obwohl Namen, gerade in diesem Geschäft, natürlich immer eine Rolle spielen. Wenn nicht sogar *die* Rolle schlechthin. Die Branche lebt ja gewissermaßen davon, dass man sich einen Namen macht, wie es genannt wird. Ich kann nicht sagen, ob das heute noch so ist. Aber damals, als das Geschäft noch Legenden hervorgebracht hat, da rankten sich überall Legenden und Legendäres um die Namen, die damals übrigens noch ausgesprochen normal, geradezu unauffällig waren. Erst später, als es keine Legenden mehr zu bestaunen gab, da waren dann andere Namen normal. Namen wie Sebastian, Kevin, Balduin, Simone, Geraldine, so was halt. Aber Kurt war noch ein ganz normaler Name, und er, wie gesagt, eine Legende. Eine Ikone. Eine Legende unter den Ikonen. Schon sein Einstieg in die Branche war legendär. Er war noch keine Woche im Business, und schon raunte man sich auf den Gängen des vierzehnten Stocks, dort war die Kreativabteilung der Agentur untergebracht, in der er seine ersten Versuche als Werber unternahm, Erstaunliches über dieses hoffnungsvolle Talent zu. Kurt hatte noch keine Ahnung von dem Geschäft, er wusste noch nicht einmal, dass eine Anzeige normalerweise aus Headline, Copy und Claim besteht. Woher auch, er war ja noch ganz neu in der Branche. Der für ihn zuständige Art Director legte ihm, dem üblichen Vorgehen entsprechend, Bilder vor, die als Sujets für ein neues Haarpflegeprodukt infrage kämen. Eines der Bilder zeigte eine junge Frau mit nassen Haaren, die von ihrem Freund in den Arm genommen wurde, Kurt schrieb unter das Bild: „Gleich, wenn meine Haare trocken sind, stelle ich ihn meinen Eltern vor." Keine Headline, keine Copy. Das war sehr ungewöhnlich, zumal für einen Kunden wie Procter & Gamble. Kurts Unwissenheit bewahrte ihn gewissermaßen davor, die üblichen Begründungen, die Benefits, die Reason-whys mit dazugehöriger Image-Tonalität unter das Bild zu schreiben. Stattdessen erzählte er in einem einzigen Satz eine kleine Geschichte. Das machte sofort die Runde, er in aller Munde. Erst agenturintern, dann beim Kunden und schließlich beim ADC, dem Art Directors Club, dem Club der Kreativen. Anfängerglück, kann man sagen, wahrscheinlich, aber das war sein Einstieg. Legendär!

Das Folgende lag dann gewissermaßen in der Logik der Branche. Erst bekam er ein eigenes Büro, dann wurden die Headhunter auf ihn aufmerksam, dann bekam er eine Sekretärin, dann konnte er sich die Agenturen aussuchen, später die Länder, internationale Kunden, große Kunden, dann „Head of" in einer noch größeren Agentur, die ganz großen Kunden, Meetings rund um den Erdball, so geht das halt. Erst arbeitete man *in* einer Agentur, dann *für* ein Agenturnetzwerk, dann erwirbt man Anteile, dann fusioniert man seine mit anderen Anteilen und schließlich knüpft man neue Netzwerke, bis man den Überblick verloren hat oder von irgendeinem Newcomer, einem Rookie, plötzlich ausgebootet wird. Der normale Lauf der Dinge. Alle haben sich darum gerissen, unter ihm oder auch für ihn zu arbeiten. Ist mehr oder weniger eine Frage der Position. Sie kamen von überall her, um ihm ihre Mappen zu zeigen. Und dann geht es eben los mit der Legendenbildung. Da ranken sich dann natürlich die meisten Legenden um das „unter ihm", das versteht sich. Liegt aber mehr am Wesen von Legenden als im Wesen von Kurt. Nun, das ist alles lange her. Inzwischen hat er seinen Ferrari verkauft, seine Anteile auch, er arbeitet von zu Hause, die Kunden sind nur noch kleine lokale Irgendwer oder Irgendwas, und meistens geht es um eine neue Homepage oder so. Mal auch um ein Logo für einen Freund, der eine Geschäftsidee hatte. Das Geschäft hat sich verändert. Heute ist alles eher profan. Damals legendär, heute profan.

Legendär waren natürlich nicht nur seine Kampagnen, legendär waren vor allem die Abende – und Nächte. Wer mit wem und überhaupt. Solche Geschichten eben. Da ging natürlich einiges durcheinander. Wenn mal Geschichten kursieren, dann führen die mehr oder weniger ihr Eigenleben. Zumal wir hier in einer Branche sind, in der das Geschichtenerzählen gewissermaßen die eigentliche Disziplin ist. Storytelling, darauf kommt's an. Damals wie heute. Und er war ein Meister darin. Da ist es nur logisch, dass Kurt auch einige Geschichten angedichtet wurden, Affären, die besonders. In Wahrheit ist er seit Jahrzehnten mit seiner Renate zusammen. Genau genommen, steht wie überall, so auch bei Kurt und Renate, die Fantasie in einem umgekehrt proportionalen Verhältnis zum Erlebten, so kann man sagen. Sie haben allerdings nie geheiratet, soviel ich weiß. Das schien ihm wohl konträr zu seinem Ikonen-Dasein, spielt aber keine Rolle. Vielleicht haben sie inzwischen auch geheiratet, kann sein, es hat sich ja doch alles sehr verändert, vielleicht auch das. Wie gesagt, nicht von Bedeutung. Kurt und seine Renate, ein außergewöhnliches Paar. Renate war nämlich nicht früher Kurts Sekretärin oder Assistentin, das wäre üblich gewesen. Renate kommt nicht einmal aus der Branche. Sehr außergewöhnlich. Sie ist Biologin. Als die beiden einander kennengelernt haben, da war Renate gerade mit ihrem Studium fertig und machte ein Praktikum bei einem großen Pharmakonzern. Kurt war zu der Zeit schon leitender Kreativer seiner Agentur, und eben dieser große Pharmakonzern, der wenig später von einem noch viel größeren Pharmakonzern geschluckt wurde und inzwischen längst vom Markt verschwunden ist und bei dem Renate damals ein Praktikum absolvierte, gehörte zu seinen, also Kurts, man kann sagen: Lieblingskunden. Naheliegend, die hatten schließlich Geld. Bei einem sogenannten Jahresmeeting, der Pharmakonzern hatte in ein Kongresshotel, die gab es damals schon, eingeladen, am Chiemsee, da saß dann plötzlich diese Praktikantin zwischen all den Männern. Den ganzen Tag lang wurden Zahlen und Marktanteile, Prozente und Prognosen, Potentiale und noch größere Zahlen an die Wand projiziert, und am Abend saßen dann Kurt und diese Praktikantin an der Bar und diskutierten die ethische Frage der Pharmaindustrie. Obwohl man das so wahrscheinlich nicht sagen kann. Sie hielt ihm die ethische Frage vor, so muss man wohl eher sagen. Jedenfalls haben sie sich entlang der ethischen Frage kennengelernt, Renate und Kurt. Sie schlug dann eine Anstellung bei dem Konzern, man hatte ihr ein tatsächlich sehr verlockendes Angebot gemacht, aus, während Kurt ebendiesen Konzern noch viele weitere Jahre betreute, wodurch ihnen ihr erstes Gespräch an der abendlichen Bar noch für lange Zeit erhalten geblieben ist. Eigentlich bis heute.

Im Grunde eine sehr romantische Geschichte, obwohl keiner weiß, wie sie es mit der Romantik, gerade auch mit der praktizierten Romantik halten. Vielleicht haben sie erst vor ein paar Tagen mal wieder ein romantisches Miteinander versucht. Wer weiß? Geht ja auch keinen was an. Aber es sind natürlich immer gerade die Fragen, die einen nichts angehen, denen man besonders gerne nachgeht. Wahrscheinlich hat sie, über die Jahre betrachtet, mehr Konflikte mit ihrem Mikroskop ausgefochten als mit Kurt, er hingegen hat inzwischen mit der Gicht zu kämpfen, aber was soll's. Es kann sich ja trotzdem mal wieder so ergeben haben. Egal. Möglicherweise hat ihnen gar nichts gefehlt. Es ist ja eher so, dass die Sexualität zumeist in einer Vorstellung stecken bleibt, jedenfalls in der Vorstellung der anderen. Sie haben trotzdem keine Kinder. Kurt wollte keine Kinder, sie wollten beide keine Kinder. Das dürfte ein Grund sein, warum er sich nicht irgendwann einmal eine Jüngere genommen hat. Weil er keine Kinder wollte. Er mochte Kinder, das schon, konnte auch gut mit Kindern, aber keine eigenen! In der Branche gibt es ja das alte Gesetz: „Sex sells." Kurt entgegnete dann gern: „Kids and dogs sells more." Wenn andere beispielsweise ein sehr kompliziertes neues Sicherheitsfeature mit einem unaussprechlichen Namen im neuen Premiumprodukt der Marke Sowieso mit einer Halbnackten auf der Motorhaube bewarben, hat er kleine Kinder im Kindersitz auf der Rückbank festgeschnallt und sie der Reihe nach dabei gefilmt, wie sie versuchen, das unaussprechliche Wort richtig auszusprechen. Aber keine eigenen, das nicht. Vor vielen Jahren einmal, da war er selbst auch schon einiges über vierzig, da machte er den Scherz: „Wenn Gott einen Idioten machen will, dann schenkt er einem alten Ehepaar ein Kind." Das Konkrete hätte er leben müssen, das Mögliche konnte er erzählen – und zwar so, wie er wollte. Das ist der Unterschied. Kinder können einem einen dicken Strich durch die Rechnung machen. Die sind ihre ganz eigene Erzählung, nicht zu kalkulieren. Aber wie gesagt, das nur am Rande. Insgesamt ist es kein Wunder, dass Kurt in der Werbung gelandet ist – und keine Kinder hat. Das Storytelling, das war immer seine große Stärke. Noch aus einem Hosenknopf konnte der eine ganz große Geschichte machen. Kann er immer noch, interessiert halt keinen mehr. Denn das Geschäft hat sich verändert. Werbung, mein Gott, das war einmal, ist fast vollständig verschwunden, jedenfalls das, was ich unter Werbung verstehe, stattdessen überall Marketing.

Wenn man so von früher redet, was natürlich nicht zu vermeiden ist, schließlich geht es um eine Legende, und Legenden handeln naturgemäß von früher, dann wird einem das Heute ganz fremd. Man fremdelt gewissermaßen in und mit seiner Zeit. Kurt kann sehr schön von früher erzählen, sehr fesselnd. Das erzählt aber nur, dass seine große Zeit vorbei ist. Er selbst macht sich da keine Illusionen. „Früher hieß es Reklame, da steckt *reklamieren* drin, man hat damals Aufmerksamkeit noch *reklamieren* müssen. Dann hieß es Werbung, da steckt *werben* drin, man musste um Aufmerksamkeit *werben*, war eine anspruchsvolle Sache. Heute heißt es Marketing. Da steckt gar nichts mehr drin, aber dafür steckt *es* in allem drin. Wie ein Virus. Alles infiziert." Darüber kann Kurt stundenlang referieren. Mal ist es mehr ein Schwadronieren, dann, in seltenen Momenten, ist es fast ein Philosophieren. „Marketing! Wenn der Weltuntergang ein Werkzeug benötigen sollte, dann würde er sich des Marketings bedienen. Die Marketingler, die Betriebswirtschaftler und die Kabarettisten, das sind die Totengräber der Kultur." So Kurt. Er meint eigentlich Mörder, aber das klingt ihm wahrscheinlich zu brutal. So sind sie eben, die Leute aus der Werbung. Sie gehen nicht besonders exakt mit der Sprache um. Es geht da weniger um das Wort, es geht vielmehr um den Effekt. Mörder! Das ist doch sehr strafrechtlich, auch zu sehr hinterrücks, und überhaupt, viel zu generisch, könnte ja jeder sein. Der Totengräber hingegen, ganz anders: ein Bild. Stets im billigen, schlecht sitzenden schwarzen Anzug, die Ärmel zu lang, die Hosen zu kurz, manche Stellen abgeschabt, an anderen Stellen noch etwas Erde dran, 35 Grad im Schatten, kein Wölkchen am Himmel, der Schweiß rinnt in den Kragen … Das ist doch etwas ganz anderes.

Kurt steht seinem Gewerbe, wie man sieht, durchaus kritisch gegenüber. Und das nicht erst, seitdem sich das Geschäft so verändert hat. Auch schon früher. Hat ihn aber nicht daran gehindert, das Geschäft mit Leidenschaft zu betreiben und, ich glaube, ich habe es schon erwähnt, zu einer Ikone zu werden. Ja, sogar zu einer Legende. Recht eigentlich sogar zu einer Legende unter den Ikonen. Ja, er hat sein Geschäft mit großer Ernsthaftigkeit betrieben und könnte ganze Bände mit Geschichten und Anekdoten füllen, wie diese oder jene Kampagne, diese oder jene Anzeige, dieser oder jener Spot entstanden ist. Übrigens auch Abende, Abende kann er auch damit füllen. Es ist noch nicht allzu lange her, ich war nicht dabei, aber ich habe davon gehört, muss eine fröhliche Runde gewesen sein, da hat er mal wieder groß ausgeholt und ausführlich analysiert, warum die aktuelle Kampagne der Österreichischen Bundespost von Grund auf falsch ist. „Beschissen falsch", wie er in solchen Fällen zu sagen pflegt. Karl Kraus bezeichnete Österreich in seinem epochalen Werk „Die letzten Tage der Menschheit" übrigens als *Versuchsstation des Weltuntergangs*, so jedenfalls lässt er dort den Nörgler gegenüber dem Optimisten die Lage zusammenfassen, 4. Akt, 29. Szene. Kurt ist nämlich, wie viele Werber von damals, sehr belesen, tatsächlich umfassend gebildet. Jetzt nur, weil Kurt ja die Marketingler als Totengräber bezeichnet und Karl Kraus wiederum ebenso grundsätzlich Österreich als die Versuchsstation des Weltuntergangs. So gesehen wäre der Marketingler in Österreich in seinem Labor, wenn man so will. Die Post in Österreich hat ja den Slogan: „Wenn's wirklich wichtig ist, dann lieber mit der Post." Da kann Kurt dann schon auch mal ganz groß ausholen. Lassen Sie mich den Abend kurz erzählen, so wie ich ihn erzählt bekommen habe. Es war auf der Terrasse bei Freunden. Eben hatte die Gastgeberin die Raucher draußen auf der Terrasse gebeten, man möge doch bitte ein bisschen leiser sein wegen der Nachbarn. Kurt raucht natürlich nicht mehr, aber sein Gegenüber, das rauchte noch, und Kurt erzählte gerade von den Zeiten, als das Werbeverbot für Zigaretten erlassen wurde. Unglücklicherweise hatte seine Agentur damals einen großen

Tabakkonzern als Kunden, was gut und gern dreißig bis vierzig Prozent des Agenturumsatzes bedeutete, man musste sich also was einfallen lassen. So oder so. Und dann kam das Gespräch irgendwie auf die Österreichische Bundespost, und da kannte Kurt kein Halten mehr: „Die Post! Absurd!! Die machen dort alles falsch. Marketingler! Die haben präzise erkannt, was ihr Problem ist – und dann schreiben die es auf ihre Plakate! Das ist doch absurd! Marketing vom Dümmsten!" Sein Gegenüber wurde etwas stiller. „Natürlich, die Post ist in einer blöden Situation, eine E-Mail ist schließlich kein Brief. Und wo keine Briefe, da keine Post. Keine Post, keine Identität. Die Analyse ist ganz einfach, das Kern-Business schrumpft. Keiner schickt mehr Briefe, der Briefträger verliert, wenn nicht seinen Job, so doch jedenfalls seine Funktion, seine Bedeutung. Also wird er unzuverlässig. Das ist klar. Aber das schreib ich doch nicht auch noch auf die Plakate!" Sein Gegenüber wurde noch etwas stiller. Kurt hingegen lauter. „Der Briefträger heute, der trägt ja keine Briefe mehr aus, der verteilt nur noch Werbesendungen. Und auf allen Briefkästen muss er lesen: Unerwünscht! Bitte keine Werbung!! Das ist die Situation. Plötzlich ist es ein Scheißberuf. Dazu die Liberalisierung, der Kostendruck, es muss gespart werden, auslagern, einsparen, umschichten. Die Arbeit wird sinnlos, das zu bearbeitende Gebiet dafür größer, die Stimmung kippt, und plötzlich ist es völlig egal, wohin der Briefträger den Inhalt seiner Tasche entleert, ob in den Briefkasten oder in den Abfalleimer. Das ist die Situation eines Briefträgers heute. Dafür brauch ich keine Marktforschung. Das sehe ich jeden Morgen in meinem Briefkasten." Sein Gegenüber, ich habe seinen Namen vergessen, hatte eben erst eine Zigarette ausgedrückt, sich aber gleich die nächste angesteckt, sein Gesicht bekam langsam einen merkwürdigen Ausdruck, und er schnappte nach Luft, als wolle er einem Karpfen Konkurrenz machen. Kurt hat diesem offensichtlichen Unwohlsein seines Gegenübers allerdings keinerlei Beachtung geschenkt, denn er war gerade dabei, zu seinem finalen Schlag auszuholen. „Ohne Briefe ist der Briefträger hohl. Ausgehöhlt. Sinnlos. Und das wird natürlich sichtbar, spürbar, die Briefe kommen viel zu spät oder überhaupt nicht oder landen in den falschen Briefkästen, das Vertrauen in die Post sinkt, das Image ist beim Teufel, und was macht die Marketingabteilung? Die schreiben ihr Problem auch noch groß auf die Plakate, kleben es auf ihre Autos, fahren mit ihrem Problem in der Gegend herum. ‚Wenn's wirklich wichtig ist, dann lieber mit der Post.' Hören Sie das? Hören Sie den Subtext!? Es kommt nämlich immer auf den Subtext an. Wenn da steht: ‚lieber mit der Post', dann liest doch jeder: ‚na, wohl lieber nicht!‘ Aber so läuft das heute. Das Marketing versteht nämlich nichts von Kommunikation. Deshalb kann jetzt jeder lesen, wie unzuverlässig die Post ist. So läuft das heute.“ Was Kurt nicht wusste, sein Gegenüber war zu der Zeit, als diese Kampagne lanciert wurde, der Leiter der Marketingabteilung der Post. Danach wurde es dann, wie von der Gastgeberin gewünscht, vollkommen still. Das kann man sich vorstellen.

Um ehrlich zu sein, interessieren sich heute nur noch Leute seiner Generation für seine Geschichten. Es ist eine andere Welt geworden. Mehr ist es im Grunde nicht. Ich bin ja gleich mit Kurt verabredet. Es ist ewig her, dass wir uns das letzte Mal gesehen haben. Ich kann mich nicht mehr genau erinnern. Ich nehme an, es wird bei einer Preisverleihung gewesen sein. Als Ikone, als Legende der Branche, ist er ständig bei Preisverleihungen, entweder weil er einen Preis verliehen bekommt oder weil er einen Preis zu verleihen hat. Jetzt weiß ich es wieder! Es war am Münchner Ostbahnhof. Ewig her. Da haben wir uns zufällig getroffen. Er fuhr gerade zu einer Preisverleihung. Ich bin übrigens der Auffassung, dass seine besten Arbeiten nie mit einem Preis gewürdigt wurden. Weil sie auch gar nicht mit einem Preis gewürdigt werden konnten. Weil sie in dem Sinne gar nicht als Arbeiten erkennbar waren, verstehen Sie? Es waren weniger Arbeiten, mehr Entdeckungen. Adidas zum Beispiel. Eine legendäre Geschichte. Quasi ein Baustein für sein Legendesein. Seine Agentur betreute damals, in den achtziger Jahren war das, den Kunden Adidas. Adidas ging es schlecht, die Konkurrenz war stark und dynamisch, nicht unwichtig für einen Sportartikelhersteller, Adidas hingegen galt als veraltet. Die Imagedaten waren entsprechend und die Verkaufszahlen ebenfalls. Man steckte Millionen in neue Produkte, in technische Innovationen und noch mehr Millionen in Werbung. Kurt kreierte mit seinem Team irrsinnig teure Werbefilme und produzierte sie noch irrsinnig teurer in Los Angeles. Viel hilft viel, dachte man sich damals auf allen Seiten. Aber die teuren Kampagnen haben alle nichts genutzt. Man nennt das Werbedruck. In dem Fall enorm viel Druck, gegenteilige Wirkung. Der Markt reagierte irgendwie falsch auf den so sorgfältig konzipierten und mit viel Geld aufgebauten Druck. Jedenfalls anders als geplant. All die jungen Leute, die man erreichen wollte, entpuppten sich als ausgesprochen bockig. Druckresistent. Sie wollten sich partout nicht sagen lassen, auch nicht mit den aufwendigsten Filmchen, was sie zu tragen hätten. Nicht einmal Argumente zählten. Das war die Situation, alle waren in Verzweiflung. Und dann, eines Tages, Kurt erzählt die Geschichte immer wieder gern, war er auf einem Konzert eines damals ziemlich angesagten DJs. Oben auf der

Bühne der DJ, unten in der kreischenden Menge Kurt. Da kann man mal sehen, wie harmlos die größten Sensationen daherkommen. Wie aus dem Nichts. Einfach so. Der DJ trug nämlich die ältesten und ausgelatschtesten Adidas-Sneakers, die sich denken lassen. „Allround" hießen die. Kennen Sie vielleicht noch. Zerschlissene, alte Latschen, die Adidas-Streifen zum Teil schon abgerissen, schmutzig, so stand der hinter seinem Mischpult. Adidas hatte diese Dinger längst nicht mehr im Sortiment, aber der da oben, dieser DJ, der hatte sie an den Füßen, auf der Bühne! Beim nächsten Meeting mit den verzweifelten Adidas-Leuten erzählte Kurt von dem Auftritt des DJ, einer aus der Runde schlug sogar allen Ernstes vor, den DJ zu verklagen, wegen Rufschädigung. Kurt hingegen empfahl, den ausgemusterten Sneaker wieder ins Sortiment aufzunehmen. Das war's. Das war alles. Kurt setzte auf das Ausgemusterte, auf das Alte, nicht auf das Neue. Das war die Rückkehr von Adidas. Die Wiederauferstehung der Marke Adidas. Mehr braucht es nicht für eine Legendenbildung.

Kurt schlachtete das natürlich sofort für einen guten Sager aus: „Erfolg ist nicht wollen, Erfolg ist zugreifen!", postulierte er von da an gern. Was man jedoch nicht allzu tiefschürfend verstehen sollte. Zitierfähig sein! Das war ihm wichtig. „Du hast die Wahl, Zitierter oder Zitierender. Entweder du bist derjenige, den die anderen zitieren, oder du bist nur einer von denen, die immer nur andere zitieren, es ist deine Entscheidung." Auch so ein Sager von ihm. Das Fußvolk von Kurt machte daraus dann recht bald: „Zitat oder Zitadelle, das ist hier die Frage." Wenn es kurz vor der Mittagspause war, dann konnte daraus schon mal „Salat oder Frikadelle?" werden. Aber das ist eben das Schicksal von Zitaten, sie werden verwendet.

Moment, ich muss kurz auf die Uhr schauen. Ich bin nämlich nicht gerne zu spät. Schon gar nicht bei einer Verabredung mit Kurt. Generell komme ich sehr ungern zu spät. Da bin ich ganz und gar altmodisch. Ich habe zwar keine Ahnung, was er von mir will, aber ich möchte trotzdem nicht zu spät kommen. Hier, schauen Sie mal, ich habe alle Zeitzonen auf meinem Display, gleich als Startbild. Wären wir jetzt beispielweise in Athen, dann wäre ich schon ordentlich zu spät. Wenn wir in London wären, was wir freilich nicht sind, dann hätte ich noch über eine Stunde Zeit. Spielerei. Bin gespannt, was er von mir will. Wir kennen uns ja nicht besonders gut. So aus der Branche eben, aber nicht näher. Wir sind nicht einmal per Du. Ein einziges Mal haben wir übrigens tatsächlich zusammengearbeitet. Aber das ist sicher schon dreißig Jahre her. Wüstenrot war der Kunde, eine Bausparkasse. Es ging um eine Anzeige. Nichts Besonderes. Übliches Geschäft, zum Quartalsende gab es Bausparprämien, also die übliche ganzseitige Anzeige, damit die Leute bei der richtigen Bausparkasse ihre Beiträge einbezahlen, um sich Prämien zu sichern. Ich hatte vorgeschlagen, da war ich noch neu im Geschäft, wir zeigen einfach einen Türrahmen, einen ganz normalen Türstock, von der Tür zur Küche beispielweise, und auf dem sind so kleine Bleistiftstriche mit Zahlen dran. Das machen Eltern so, wenn sie das Wachstum ihrer Kinder festhalten wollen. Das war das Bild. Die Headline, so mein Vorschlag, sollte sein: „Noch zehn Zentimeter, dann ziehen wir um." Kurt war der Auffassung, dass da stehen muss: „In zehn Zentimetern ziehen wir um." Das klingt aus heutiger Sicht vollkommen unverständlich, dass man über so etwas streiten kann. Aber damals war das üblich. Über was man da gestritten hat, großartig. Und, in der Tat, die Frage ist nicht so absurd, wie sie in heutigen Ohren klingen mag, formuliert man den Gedanken mit einem „noch", dann spiegelt sich darin die Ungeduld, es ist eher aus der Perspektive des Kindes erzählt. Hingegen ist das „In zehn Zentimetern ..." – sprachlich vielleicht nicht ganz richtig, weil es das Zeitliche und das Räumliche vermischt, was es dafür aber leicht irritierend und also attraktiv macht – aus der Perspektive der Eltern erzählt, sachlich, planend, nüchtern. Über solche Sachen ist man damals noch in Streit geraten. Wie gesagt. Das lässt sich heute kaum noch vermitteln, dass es sich gelohnt hat, über derlei Aspekte zu streiten. Bei solchen Streits kamen die unterschiedlichen Sichtweisen zutage, wichtig für das Verständnis von Zielgruppe und Marke. Heute, wie gesagt, spielt so was keine Rolle mehr. Und man hätte es auch damals schon merken können. Wenn man gewusst hätte, worauf alles hinausläuft, wenn man auch nur geahnt hätte, worauf alles hinausläuft, dann hätte man es sehen können. Aber der Mensch ist gegenüber Veränderung blind. Dem Marketingleiter von Wüstenrot, dem hat die Idee zwar gut gefallen, weil er selbst eine kleine Tochter hatte, aber er musste dann vor lauter Begeisterung selbst hineintexten. Letztlich stand dann da zu lesen: „Der Mensch wächst nicht nur in die Höhe." Das fand der großartig, der Marketingleiter. Aber das ist dann der Unterschied. Werbung erzählt mit einem Bild eine Geschichte, jetzt war es nur noch eine Anzeige. Irgendeine Anzeige. Das war das einzige Mal, dass ich mit Kurt auf professioneller Ebene direkt zu tun hatte.

Verrückt, diese Spielereien. Die digitale Welt ist doch ein einziger großer Spielplatz. Ich kann mit meinem Handy sogar Fahrkartenschalter spielen und mir echte Fahrkarten kaufen. Oder Bauingenieur, hier, eine Wasserwaage, alles digital. Ich kann natürlich auch eine analoge Uhr einstellen. Verrückt. Also für mich ist es noch immer verrückt, für andere längst normal. Da hat sich natürlich vieles sehr verändert. Auch unser Geschäft. Das ist inzwischen doch ein ganz anderes geworden, das muss man sagen. Wegen der Digitalisierung, wie behauptet wird. Was natürlich richtig ist, die Digitalisierung hat tatsächlich viel verändert. Aber das ist übrigens immer so. Erst erfindet sich der Mensch etwas, und dann passt er sich den Bedürfnissen seiner Erfindung an. Nicht umgekehrt. Der Mensch passt nicht die Erfindung *seinen* Bedürfnissen an, wie man annehmen könnte, sondern umgekehrt. Der Mensch passt *sich* den Bedürfnissen seiner Erfindung an. Das war schon immer so. Nehmen Sie das Auto. Seit der Erfindung des Autos richtet sich alles nach dem Willen des Autos. Nicht nur die Wirtschaft, auch die gesamte Sozialität, das gesellschaftliche Gefüge, Tod und Verderben ebenso wie Leidenschaft und Verbrechen, seit hundertfünfzig Jahren ist alles an den Bedürfnissen des Autos ausgerichtet, unsere ganze Art zu leben. Erst wurden die Städte autogerecht, dann änderte sich das Auto, die SUVs kamen, jetzt werden überall Bäume gepflanzt, damit das Auto das Gefühl hat, besser in die Umgebung zu passen. Mit der Digitalisierung das Gleiche. Nur ein kleines Beispiel: Winter, die Leute brauchen Handschuhe, plötzlich bekommen die Handschuhe so andersfarbige Fingerspitzen. Wegen der Smartphones. Damit auch im Winter auf dem Smartphone herumgewischt werden kann. Ist Ihnen sicherlich auch schon aufgefallen. Das Smartphone achtet genau darauf, dass wir uns smartphonetauglich benehmen. Ist jetzt nur eine Kleinigkeit, gilt aber für alles andere auch. Meine Musikanlage zu Hause, die gehorcht meinem Smartphone, nicht mir. Die nimmt nur Anweisungen von meinem Smartphone entgegen, da kann ich keine Knöpfe mehr drücken oder drehen. Unsere ganze Kommunikation ist inzwischen vollständig auf die Bedürfnisse des Smartphones ausgerichtet. Ein Liebespaar schaut sich nicht mehr in die Augen, sondern auf das Display. Weil es das Handy so will. Das Handy ist die weltweit meistverbreitete Technologie. Nichts hat sich jemals schneller auf der Welt ausgebreitet als das Handy. Nicht einmal die Pest. Inzwischen gibt es mehr Handys, also aktive, benutzte Handys, auf der Welt als Menschen. Die Frage lautet also nicht, wie wir die Welt sehen, sondern: Wie sieht das *Handy* die Welt? Und das Handy sieht die Welt als App. Das ist klar. Für das Handy ist alles eine App, auch wir. So muss man das sehen. Nicht wir bedienen unsere Handys, sondern umgekehrt, die Handys bedienen uns, sie verwenden uns für ihre Vorstellung von Welt. Das ist die neue Situation. Wenn wir die Welt von heute verstehen wollen, dann müssen wir uns gewissermaßen in die Gedankenwelt des Handys hineinversetzen. Wir erleben ja gerade, wie sich das Handy seine Welt so vorstellt. In Amerika regiert ein Handy, der Präsident ist ein twitterndes Handy, kann man sagen. Aber es soll sich mal nicht so sicher sein. Zugegeben, noch läuft derzeit alles in seinem Sinne, aber das wird nicht ewig so bleiben. Das Auto ist da wieder ein gutes Beispiel, lange lief alles wunderbar für das Auto, dann hat es die Sache irgendwie übertrieben, und heute kann es sich nur noch durch schiere Brutalität, äußerliche wie innerliche, einigermaßen behaupten. Wahrscheinlich seine letzten Zuckungen. Wenn es erst einmal selbstfahrend ist, dann ist es auch nicht mehr das Auto. Klingt absurd, paradox, aber so ist es. Dem Handy wird es früher oder später ähnlich ergehen: Erst will so eine Erfindung alles, macht sich alles untertan, bekommt alles, was es will, und dann ist alles anders. Das ist die Rache des Gewollten, so würde ich sagen.

Ich habe übrigens eine Vermutung, warum Kurt mich angerufen haben könnte. Ich gehe mal davon aus, dass er selbst gar nicht auf die Idee gekommen ist, mich anzurufen, wahrscheinlich hat ihn Renate drauf gebracht. Das könnte sein. Ich habe sie nämlich neulich, rein zufällig, getroffen, bei Peek & Cloppenburg. War eine etwas skurrile Situation. Ich brauchte neue Unterhosen, das ist von Zeit zu Zeit erforderlich, und sie wohl auch, jedenfalls hatte sie Unterwäsche in der Hand. In so einer Situation fällt einem der Unterschied erst auf, Damenunterwäsche wird noch am Bügel hängend, sozusagen offen, zur Kasse getragen, Herrenunterwäsche versteckt sich in einem Karton. Dass sie mit ihrer Unterwäsche in der Herrenabteilung an der Kasse stand, will ich mir mal so erklären, dass sie wohl auch für Kurt noch was besorgt hatte. Anders will ich es mir nicht erklären. Früher, da waren ja nicht nur die Abteilungen getrennt, auch die Kassen waren getrennt. Da konnte so was nicht passieren. Heute kann man an jeder Kasse bezahlen. Da passiert so was schon mal. Was soll man machen, wenn man sich kaum kennt und in eine solche Situation gerät? Zunächst war ich gar nicht sicher, ob sie mich überhaupt erkannt hat. Sie verkehrt ja in ganz anderen Kreisen. Also hat man halt so geredet, unauffällig, mehr Floskeln ausgetauscht. Was soll man schon machen, in einer derartigen Situation? Da muss man aufpassen, dass alles ganz normal wirkt. Ich habe sie dann nach Kurt gefragt, mehr aus Normalitätsgründen. Er sei jetzt an so einem Filmprojekt, hat sie gesagt. Das kommt ja vor, dass ein erfolgreicher Mensch sich nach dem Erfolg noch einmal einer ganz neuen Aufgabe widmet. Genaueres konnte oder wollte sie nicht sagen. Und mich hat es auch nicht näher interessiert, in der Situation, mich hat mehr interessiert, die Situation irgendwie harmlos zu meistern. Eine Dokumentation, wenn ich es richtig verstanden habe. Ich kann mir also vorstellen, dass es damit zusammenhängt, dass Kurt mich angerufen hat. Andererseits, ich kann es mir eigentlich nicht wirklich vorstellen, dass es damit zusammenhängt. Wie auch immer. Ich werde es ohnehin gleich erfahren.

In der Werbung arbeitet Kurt ja schon länger nicht mehr. Ist nicht mehr seine Welt. Die Werbung hat sich doch sehr verändert. Wie gesagt, ist jetzt Marketing. Früher, da gab es noch Überlegungen wie: „Was ist der Nutzen eines Produkts für den Kunden?“ Oder: „Wie sehen die Menschen unsere Marke heute, und wic sollen sie die Marke in fünf Jahren sehen?“ Solche Fragen hat man sich in der Werbung von damals noch gestellt. Fünf Jahre! Was für ein Zeitraum! In Zeiten des Marketings undenkbar. Werbung war noch der Versuch, aus Vorteilen oder Neuerungen ein Glücksversprechen zu formulieren, das kann man verurteilen, natürlich, aber es war immerhin noch der Versuch, das eine vom anderen zu unterscheiden, oder anders gesagt, wo es Vorteile gab, da gab es auch Nachteile, und es war die Aufgabe der Werbung, das eine vom anderen zu unterscheiden. Marketing ist demgegenüber mehr ein Zustand. Ein allgemeiner Zustand. Alles wird zu einem Vorteil, egal was. Da nennt dann der Innenminister das hässliche Abschiebelager für Flüchtlinge einfach „Ausreisezentrum“. Marketing. Wir sind ja inzwischen alle immerzu in einem Marketingzustand. So würde ich sagen. Der Mensch hat es mit sich selbst nicht mehr mit einem Charakter zu tun, sondern mit einem Marketingproblem. Aber jetzt komme ich schon wieder ins Allgemeine. Obwohl man es natürlich auch stets im ganz Konkreten merkt. Zum Beispiel an der Kasse der Herrenabteilung bei Peek & Cloppenburg. Ein Marketingproblem, also ein Selbstmarketingproblem letztlich. Es war mir natürlich unangenehm, so, mit meinen Unterhosen in der Hand, Renate zu begegnen. Was mir dann wiederum sehr unangenehm war, dass mir die Situation ein bisschen unangenehm war. Zunächst dachte ich noch: Warum eigentlich? Ist doch ganz normal. Dann empfand ich es als ziemlich ärgerlich, dass ich das zweifellos Unangenehme der Situation auch noch als ganz normal zu verstehen hätte. Insgesamt eine sich in seiner Unangenehmheit selbst verstärkende Situation. Hätte ich ein etwas moderneres Handy in der Tasche, dann hätte es jetzt meinen Puls gemessen, die Situation präzise analysiert und mich gleich bei meinem persönlichen Coach für den Nachmittag in dessen Terminkalender eingetragen.

Als Kurt noch in der Werbung gearbeitet hat, da war der Blick auf den Markt ein ganz anderer. Es muss einer seiner letzten Jobs in der Werbung gewesen sein:

Hustenpastillen. Er hatte noch den alten Blick auf den Markt. Also, wenn einer hustet, dann braucht er Hustenpastillen. So hat man das früher gesehen. Das Marketing sieht den Markt anders. Wenn einer hustet, dann hat er Nachbarn, die sich gestört fühlen. Das ist der Markt. Also bekommen die ein Angebot für Ohrstöpsel auf ihr Handy geschickt. So funktioniert das. Der Hustende bekommt nicht etwa Werbung für Hustenpastillen, der nicht, aber seine ganze Umgebung wird mit Werbung für Ohrstöpsel bombardiert. Der Huster ist nur einer, der ist kein Markt, aber die Nachbarn, die sind ein Markt. So funktioniert das. Der Huster kann ruhig weiterhusten, das ist gut so, denn erst die Sich-gestört-Fühlenden bedeuten Umsatz. Problemerhaltung lautet das Prinzip. Marketing bedeutet, jetzt mal an diesem konkreten Beispiel, aus einem Hustenpastillenhersteller einen Ohrstöpselverkäufer zu machen. Keine zwei Monate, und der macht mit Ohrstöpseln zehnmal mehr Umsatz als mit seinen Pastillen. Wäre ohne die digitale Welt mit ihren Apps und Links gar nicht denkbar. Marketing ist dem Sofort, dem Unmittelbaren, quasi dem Reflex verpflichtet.

Ich glaube ja zu wissen, warum Kurt mich angerufen hat. Es kann eigentlich gar nicht anders sein. Irgendein Job, zu dem er selbst keine Lust hat. Wahrscheinlich kostet ihn schon der Gedanke an den Job zu viel Nerven. So ein Job wird das sein. Und schlecht bezahlt wird er auch sein, miserabel bezahlt, wenn überhaupt. Ein echter Scheißjob wird das sein. Was auch sonst? Wäre es ein schöner Job oder ein interessanter Job oder ein lukrativer Job, dann würde er ihn ja selbst machen oder zumindest in seinem näheren Umfeld jemanden fragen. Der Grund, warum er mich anruft, kann nur der sein, dass er niemandem aus seinem engeren Kreis zumuten will, was er mir gleich zumuten wird. Oder weil alle schon abgesagt haben. Ich sehe es genau vor mir. Ich weiß ganz genau, was da jetzt auf mich zukommt. Ich gehe sehenden Auges in die Katastrophe. Erst wird er sagen, es handle sich nur um eine Kleinigkeit, dann wird er nachlegen mit *interessante Aufgabe* oder dergleichen, und dann wird er mir schmeicheln. Sie sind genau der Richtige, wollte schon längst mal wieder mit Ihnen, immer so viel Gutes von Ihnen gehört, so was halt. Am Ende, ich sehe es genau vor mir, am Ende werde ich mich wochenlang mit Leuten rumschlagen müssen, die keine Socken zu ihren zu kurzen Hosen tragen, die glauben, wenn sie jedem Furz hinterherlaufen, dann wären sie ganz vorne mit dabei, die noch schneller verjugendlichen, als sie altern, insgesamt hochkompetente Ich-Kreaturen, Coachingjunkies und Seminarhopper, mit denen werde ich zusammensitzen müssen, stundenlang. So wird es ablaufen. So läuft es immer ab.

Wenn es nämlich auch anders ablaufen könnte, dann hätte er schon längst jemand anderen gefragt. Hat er aber nicht. Also gibt es keine Chance, dass es anders ablaufen wird. Sehenden Auges! Soll keiner hinterher sagen, ich hätte es vorher nicht gesehen. Das ist der übliche Ablauf für Freelancer. Ich war früher ja selbst mal in Agenturen beschäftigt.

Wissen Sie, was ich am meisten am Agenturleben vermisse? Am meisten vermisse ich den Kaffee, diesen bitteren, abgestandenen Bürofilterkaffee, wie es ihn eigentlich nur in deutschen Büros gegeben hat. Bei den Engländern gab es den auch. Und bei den Amis. Natürlich. In diesem Kaffee, den man sich aus einer kleinen Kaffeeküche holte und der dort in einer großen Kanne auf einer Wärmeplatte stundenlang vor sich hin verbitterte, in diesem Kaffee war die Zeit eingefangen. Man konnte genau schmecken, wie lange der Kaffee schon auf der Wärmeplatte gestanden hatte. Das vermisse ich am meisten. Der erste Schluck am Morgen, von diesem schon in der Früh abgestandenen Kaffee, wie der einem zuverlässig die Muskulatur in den Kiefern ganz und gar unvermeidlich zusammengekrampft hat, das vermisse ich am meisten. Jetzt gibt es ja überall guten Kaffee. Ein guter Kaffee gehört nicht in ein Büro, ein guter Kaffee gehört ins Café. Für einen guten Kaffee muss man sich Zeit nehmen, bei einem Bürofilterkaffee aber, da muss man die Zeit schmecken, und zwar die Bürozeit. Finde ich jedenfalls. Aber die Dinge haben ihre Zeit verloren. Coffee to go, was bitte soll das sein? Die Dinge haben ein Recht auf ihre ganz spezifische Zeit. Zeit ist der Begleiter der Dinge, nicht ihr Feind. Finde ich jedenfalls. Das ist auch mein Problem mit dem Marketing, denn das Marketing ist im Grunde die Abschaffung der Zeit. Weil es dem Sofort, dem Unmittelbaren verpflichtet ist. Und das Unmittelbare schließt natürlich alles aus, was Zeit braucht. Zeit ist in der Logik von Marketing und Digitalisierung Verschwendung. Alles, was Zeit braucht, ist demnach zugleich Zeitverschwendung. Kennen Sie Tinder? Tinder, diese Dating-App für unverbindlichen Sex. Rein, raus, erledigt, bezahlen. Ich will jetzt nicht wieder damit anfangen, von Renate und Kurt meine ich jetzt, aber über Jahre hinaus Diskussionen über ethische Fragestellungen im Umgang mit der Pharmaindustrie zu führen, das hat doch bitte schön eine ganz andere erotische Dimension.

Kurt war übrigens zu seiner Zeit ein schönes Beispiel für Zeit. Kurt saß, jedenfalls zu seiner großen Zeit, in seinem Eckbüro und hat Zigarre geraucht. Das war es, was er gemacht hat. Sonst nichts. Tatsächlich nichts!! Von Zeit zu Zeit ist er durch die Gänge geschlendert, hat mit diesem oder jener geplaudert, aber gearbeitet, in dem Sinne, also im üblichen Sinne, hat er – nichts. Das war seine große Kunst. Nichts arbeiten, aber dafür viel Zeit haben, und zwar für alles und jeden. Und natürlich jede. Legendär!! Darauf angesprochen, dass er immer nur nichts macht, gerade mal Zigarren raucht, hat er trocken gesagt: „Dafür werde ich bezahlt – und zwar sehr viel besser als ihr." Das machte ihn zu einer Ikone im Business. Denn er war derjenige, der sich nie in die Eifersucht der eigenen Ideen hat verstricken lassen, er war derjenige, der immer den Überblick behielt. Er hatte Zeit. Immer. Durch sein Nichtarbeiten konnte er tatsächlich beurteilen. Er ließ sich von seinem Ehrgeiz nicht auf dessen Schlachtbank führen. Er hat sich die Zeit genommen, nichts zu tun. Und dafür wurde er, wie er selbst immer betonte, sehr viel besser bezahlt als all die anderen, die viel, tatsächlich sehr viel, und auch noch für ihn, gearbeitet haben. Was ich damit sagen will, ist, dass das Nichts sehr viel wert ist. Das Digitale hingegen lässt kein Nichts mehr zu. Keine Zeit und kein Nichts, keinen Leerraum. Stattdessen immer alles, und das gleichzeitig. Verrückt. Aber was soll's, die Zeiten haben sich eben geändert und das Geschäft auch. Dass die Zeiten sich ändern würden, das hat man schon vor dem Beginn der Durchdigitalisierung gemerkt. Spätestens als Kurt, immerhin eine Legende, eine Ikone, *die* Legende unter den Ikonen, von seinem Sessel hinwegkomplimentiert wurde. Die Entscheidung ist auf internationaler Ebene gefallen. Sie haben einen Fleißigen in Kurts Eckbüro gesetzt. Einen, der Tag und Nacht gearbeitet hat. Da war eigentlich schon klar, hätte klar sein müssen, jetzt werden sich die Zeiten ändern! Der hat, er hieß übrigens Bernd, aber der Name ist völlig irrelevant, denn von ihm wird weiter nichts zu berichten sein, der war nur ein Fleißiger unter tausend anderen Fleißigen, dieser Bernd hat an jeder Kampagne persönlich mitgearbeitet. Und immer waren seine Ideen natürlich die besten, ist ja klar. Es waren ja seine. Der hat natürlich schnell den Überblick verloren, bei all den Kampagnen und Terminen und Meetings. Und so wurden nicht mehr die gut begründeten und überlegten Kampagnen zum Kunden getragen, sondern die, für die sich Bernd zwei Minuten vor dem Termin noch schnell entschieden hatte. Der hat seine Entscheidungen nach dem Prinzip der Zentrifugalkraft getroffen. Der hat sich so schnell in seinem Hamsterrad gedreht, dass die Entscheidungen richtiggehend herausgeschleudert wurden. Nicht Überlegung, sondern Zentrifugalkraft. Im eigenen Ehrgeizkarussell durchdrehen, bis eine Idee, eine Kampagne, ein Plakat, ein Spot durch die Zentrifugalkraft, oder auch Fliehkraft, was eigentlich das viel schönere Wort dafür ist, herausgeschleudert wurde. Dieser Bernd war gewissermaßen ein Vorbote der Digitalisierung, des Marketings. Dem waren die Kampagnen letztlich egal, er war sich selbst das Wichtigste. Da hätte man eigentlich schon merken können, dass sich was ändern würde.

Ganz anders Kurt. Einmal, ich erinnere mich noch sehr gut, da ging Kurt am späteren Abend noch einmal durch die Agentur, rauchte seine Zigarre, ein Art Director, er hieß Klaus, auch noch so ein ganz normaler Name, arbeitete an einem Plakat für ein Kulturfestival. Klaus stand am Fotokopierer, damals noch ein Schwarz-Weiß-Gerät, und hatte ein Foto fotokopieren wollen und dabei fehlerhafterweise das zu kopierende Foto zu schnell von der Kopierplatte weggezogen, woraufhin das Foto auf der Kopie dann extrem verzerrt war. Natürlich hat Klaus die fehlerhafte Kopie in den Papierkorb geworfen, sie entsprach schließlich nicht dem, was er wollte. Als Kurt vorbeikam, schaute er in den Papierkorb, zog die verzerrte Kopie hervor und sagte: „Großartig. So machen wir's!" und ging nach Hause. Das Plakat hat dann Preise gewonnen, wurde noch Jahre später immer wieder als beispielhaft zitiert und hing in jeder besseren Plakatausstellung. Aber das nur nebenbei. Ich muss sagen, ich habe das immer gern gemacht. Werbung, meine ich jetzt. Das glaubt man heute gar nicht mehr, aber Werbung hatte damals keinen besonders guten Ruf, in manchen Kreisen wurde es tatsächlich als verwerflich angesehen, in der Werbung zu arbeiten. Trotzdem gab es viele richtig gute Leute in der Branche. Vielleicht sogar deshalb. Verrückt. Heute hingegen, heute ist Marketing ein allgemein anerkannter und sogar geschätzter Beruf. Unerträglich. Verkehrte Welt, möchte man sagen. Aber man muss die Welt sowieso immer verkehrt herum lesen, quasi von hinten. Und spiegelverkehrt. Das ist aufschlussreich, die Welt verkehrt zu lesen. Nehmen Sie als Beispiel Kundenzufriedenheit, jetzt nur mal als Beispiel. Das ist ja das Zauberwort des heutigen Marketings. Alles ist auf *Kundenzufriedenheit* ausgerichtet. Überall steht *Kundenzufriedenheit* ganz oben auf der Liste. „Wir wollen, dass Sie zufrieden sind …"!! Nicht einmal Klopapier kommt heute noch ohne *Kundenzufriedenheit* aus. Das haben uns die Marketingler eingebrockt. Und es ist sowohl bescheuert als auch eine Frechheit. Eine Unverschämtheit. Ersonnen von niederträchtigen, geradezu bösartigen Menschen. Kundenzufriedenheit, das klingt so harmlos, so kümmernd. Ist natürlich genau sein Gegenteil. Von hinten lesen! Verkehrt herum!! „Wir wollen, dass Sie zufrieden sind." So, und jetzt schauen Sie sich einmal um. Sehen Sie hier irgendwo eine Zufriedenheit? Ich nicht! Überall nur Ansprüche und Beschwerden. Das kommt dabei raus, wenn man den Marketinglern die Welt überlässt. Was glaubt man eigentlich, was man bekommt, wenn man dem Kunden ständig sagt: „Ich will, dass du zufrieden bist!"? Na, was wohl? Unzufriedenheit, das bekommt man. Ich kann Ihnen sagen, wie die das machen. Die delegieren einfach. Der Marketingler ist nämlich nicht aus Blödheit faul, im Gegenteil, er ist aus einer bösartigen Faulheit heraus blöd. Die setzen sich eben gerade nicht mit so etwas äußerst Kompliziertem wie Zufriedenheit auseinander, sie schieben die Aufgabe einfach weiter. Die Aufgabe einer Marke, nämlich den Kunden zufriedenzustellen, wird einfach an die Kunden weitergereicht. Und deshalb steht überall zu lesen: „Wir wollen, dass Sie zufrieden sind", mit Hinweis auf das Beschwerdeformular im Netz. Damit ist für die der Job erledigt. Und jetzt schauen Sie sich noch einmal um: nur unzufriedene, raunzende, meckernde, mäkelnde, beschwerdeführende Kunden. Alles beschwert sich. Alles rennt zum Anwalt, schreibt Mails, fordert Zustehendes – und ist *unzufrieden*. Nicht hie und da mal, nicht in Ausnahmefällen, nicht einmal mit Grund! Sondern immer! Aus Prinzip. Wegen der Kundenzufriedenheit. Auf so eine Idee kommen nur Marketingler, sagt Kurt. Was soll man mit den ganzen Beschwerde-Hotlines, den Formularen für Beschwerden (und Anregungen) auch sonst machen, als sich beschweren? Das ist doch geradezu eine Aufforderung, sich zu beschweren. Was soll man denn sonst damit machen?

Ich kann mich noch an ganz andere Zeiten erinnern. Es gab nämlich auch einmal Zeiten, da hat man noch nicht einfach ein Beschwerdeformular ins Netz gestellt und geglaubt, die Sache sei erledigt. Da ist man noch anders damit umgegangen, wenn Kunden unzufrieden waren. Ein legendäres Beispiel, hat jetzt nichts mit Kurt zu tun, es gibt ja auch noch andere Ikonen in der Branche, lieferte eine Londoner Agentur, großartiger Laden, es ging um einen Pitch: British Airways, also eine richtig große Sache. Da hängt ja viel dran, an so einer Wettbewerbspräsentation. Das bedeutet richtig viel für eine Agentur. In jeder Hinsicht. Also hat man sich British Airways genau angeschaut, hat analysiert und ist unter anderem drauf gekommen, dass die Kunden unzufrieden sind mit British Airways. Und, dass die Kunden auch tatsächlich mit gutem Grund unzufrieden sind mit British Airways. Die entscheidende Frage war nun, wohin, was tun mit diesem Wissen? Ein Beschwerdeformular landet in der Beschwerdeabteilung, so wie Mist im Mistkübel. Das Wissen um die Unzufriedenheit muss also auf den richtigen Schreibtischen landen. Man muss damit an die richtigen Stellen vordringen. Die CEOs und CFOs und COOs müssen das Problem verstehen. Das war die Strategie: Oben muss man verstehen, worum es geht. Verantwortliche verantwortlich machen! Also ging man wie folgt vor: Zur Präsentation der Kampagne hat man den Kunden, also die Verantwortlichen von British Airways, in die

Agentur eingeladen, was allein schon ziemlich außergewöhnlich war, denn normalerweise trabt die Agentur beim Kunden an. Diese Agentur hingegen hat in die eigenen Räumlichkeiten geladen und dort die Präsentation sorgfältig inszeniert. Nicht, um zu beweisen, wie kreativ man ist, das haben die nicht nötig, nein, es ging darum, den Kern der Sache verständlich zu machen. Bevor also der Kunde kam, und das waren immerhin hochbezahlte Vorständler, wurde die Dame am Empfang gebrieft, der Raum wurde mit vielen kleinen Details hergerichtet, besser gesagt, zugerichtet, die Kollegen wurden instruiert – und dann kamen sie. Die Nase in den Wolken vor lauter eigener Bedeutung, wie man es sich eben so vorstellt. Genau so, wie man es sich vorstellt, kamen die in die Agentur, unerschütterlich in ihrem Glauben an ihre eigene Bedeutung – der dann ordentlich erschüttert wurde. Die Dame am Empfang führte erst noch ihre private Plauderei zu Ende, das war alles Teil der Inszenierung, bevor sie sich dazu herabließ, die hohen Herren zu fragen, was sie denn wünschten. Wen dürfe sie denn melden? Was für eine Unverschämtheit! Dann schickte sie die hochrangige Delegation in den vorbereiteten Raum und bat sie, noch fünf Minuten zu warten, der Chef werde gleich kommen – geradezu eine Ungeheuerlichkeit! Dort standen Kaffeetassen auf dem Tisch, allerdings benutzte, daneben ein halbvolles Glas Wasser mit Lippenstift dran, angeknabbertes Gebäck, ein voller Aschenbecher, leblose Blumen auf dem Fensterbrett, Kollegen platzten unhöflich in den Raum, alles Teil der Inszenierung, die Herren trauten ihren Augen kaum. Obendrein ließ man sie warten! Man ließ sie sogar richtig ausgiebig warten!! In einem verdreckten, abgewirtschafteten, heruntergekommenen Raum ließ man sie warten!!! Man kann sich leicht vorstellen, wie sich aus anfänglicher Verwunderung langsam Zorn in den sonst so abgesicherten Selbstbewusstseins der Herren breitmachte. Schließlich, man wollte bereits empört wieder gehen und eine geharnischte Beschwerde hinterlassen, kamen die frechen Jungs von der Agentur und begrüßten die Verantwortlichen, als wäre nichts geschehen. Die Herren kannten nun kein Halten mehr und kamen gleich mit unmissverständlichen Worten zur Sache: Was das für eine Sauerei sei, sie so herabwürdigend zu behandeln, was man sich denn einbilden würde et cetera. Darauf die Jungs der Agentur: „Sehen Sie, und so geht es Ihren Kunden." Das hat gesessen!! Davon haben die sich den Rest der Präsentation nicht mehr erholt, die sind sehr aufmerksam dagesessen und haben zugehört.

Vielleicht ist noch zu erwähnen, dass die Agentur den Etat tatsächlich gewonnen hat. Wobei ich anmerken möchte, dass heute wohl kein Kunde mehr die Größe hätte, sich so klar vor Augen führen zu lassen, wie es um ihn steht. Allerdings hätte heute auch keine Agentur mehr den Mut zu solcher Klarheit. Übrigens, in der Kampagne war dann nirgendwo etwas zu lesen von „Wir wollen, dass Sie zufrieden sind". Es ist schließlich nicht die Aufgabe einer Kampagne, den Wunsch des Unternehmens an die Konsumenten zurückzuspielen. Die große Verdrehung. Die Wirklichkeit ist eine einzige Verdrehung. Da drüben zum Beispiel. Das Plakat dieser Bank. Eine einzige Verdrehung. „Im Mittelpunkt der Mensch", schreiben die da drauf! Und darauf sind die auch noch stolz. Das war wahrscheinlich ein jahrelanger interner Prozess, begleitet und geführt von externen Beratern, bis man gemeinsam zu eben dieser Kernaussage gefunden hat. „Im Mittelpunkt der Mensch." Da wurden über Monate seitenlange Konzeptpapiere geschrieben, Marktanalysen, Kundenanalysen, Selbstanalysen erstellt, in stundenlangen Powerpoint-Präsentationen wurde zusammengefasst und auf den Punkt gebracht, von Wahrnehmungshorizont und Bedeutungsdrift war da die Rede, von Produktarchitektur und Zielkorridor, und am Ende dann die Conclusio: „Im Mittelpunkt der Mensch." Das ist der Slogan. Das schreiben die dann stolz auf ihre Plakate. Waren Sie schon mal in einer Filiale von denen? Gehen Sie mal hin. Ein Erlebnis, kann ich Ihnen versichern. Man kommt in diese neuen Filialen rein, alles wunderbar gestaltet, hübsch und modern, elegant mit einem Hauch Hipness, alles sorgfältig designt, aber – kein Mensch. Weit und breit kein Mensch. Man steht, als Kunde meine ich jetzt, mutterseelenallein in einer cleanen, slicken, neuen Welt, zwar im Mittelpunkt, also räumlich gesehen, aber allein. Hinter dem Pult für den Kundenservice prangt groß in edles Holz (wegen der Nachhaltigkeit!) gearbeitet: „Im Mittelpunkt der Mensch". Aber keiner da, keine Menschenseele, nirgends. Nur man selbst, allein, im Mittelpunkt. Wie gesagt, heute liest sich die Wirklichkeit irgendwie anders. Mehr von hinten her, von der Rückseite. Muss man sich erst noch dran gewöhnen.

II

Ich glaube, zu Fuß schaffe ich das jetzt nicht mehr, ich muss wohl doch die Straßenbahn nehmen. Oder den Bus. Ich wollte ja eigentlich zu Fuß gehen, mich ein bisschen innerlich vorbereiten, man bekommt schließlich nicht alle Tage einen Anruf von einer Legende. Ich habe zwar keine Ahnung, auf was ich mich da vorbereiten will, aber so ein bisschen Vorbereitung kann nicht schaden. Dachte ich mir. Aber dafür reicht jetzt die Zeit nicht mehr. Ich komme nicht gerne zu spät. Ist ja immer so. Am Ende reicht die Zeit nicht mehr. Das ist immer so.

Die Zeit, die Zeit. Immer wieder kommt man auf die Zeit zu sprechen, eigenartig. Wie man es auch dreht und wendet, man kommt immer wieder auf die Zeit. Diese Zeit, jene Zeit, die Zeit damals, die Zeit heute, aber eines bleibt zu allen Zeiten gleich, am Ende reicht die Zeit nie. Also ich habe es jedenfalls noch nicht erlebt, dass am Ende noch ausreichend Zeit geblieben wäre. Es gibt ja zwei unterschiedliche, geradezu konträre Typen, was den Umgang mit Zeit anbelangt. Die einen machen alles immer auf den letzten Drücker, die anderen arbeiten ganz kontinuierlich, exakt nach Zeitplan, und trotzdem reicht am Ende die Zeit nicht. Wie gesagt, ich habe es jedenfalls noch nicht erlebt, dass am Ende noch genügend Zeit geblieben wäre. Dabei bräuchte man sie gerade am Ende. Allerdings, meiner Erfahrung nach, haben die, die immer alles auf den letzten Drücker machen, letztendlich irgendwie mehr Zeit. Kommt mir so vor. Wahrscheinlich, weil sie sich vorher so viel Zeit genommen oder gelassen haben. Gut, aber das ist heute sowieso anders. Das Geschäft ist ja generell ein anderes geworden. Und die Zeit auch. Die ist auch eine andere geworden. Also jetzt nicht im Sinne von *unserer* Zeit, das auch, nein, ich meine Zeit ganz allgemein, also die *tatsächliche* Zeit. Genau genommen, gibt es die Zeit eigentlich gar nicht mehr. Alles ist ganz und gar unmittelbar, sofort, jetzt und *nur* jetzt, gewissermaßen instant. Zeit ist abgeschafft. So kann man das sehen.

Jedenfalls kann man es nicht anders sehen.

Aber das habe ich ja schon ausgeführt, wollte es nur noch einmal betonen. Lassen Sie den Gedanken mal ein bisschen im Kopf herumliegen, Sie werden schon sehen, was der anrichtet. Merken Sie's?

Vielleicht hat Kurt ja gerade auch keine Zeit und hat mich deshalb angerufen, dass ich das für ihn erledige, wofür er gerade keine Zeit hat. Eigentlich wollte ich ja schon absagen. Ich meine, ich weiß ja, worauf es hinausläuft. Ich gehe hier sehenden Auges in ein Desaster. So was läuft immer nach dem gleichen Muster. Erst heißt es, eine interessante Aufgabe, Sie sind genau der Richtige, und dann ist es ein Desaster. Immer. Andererseits konnte ich natürlich auch nicht absagen. Wenn Kurt mich anruft und um einen Termin bittet, dann kann ich nicht einfach absagen. Unmöglich. Kurt ist schließlich derjenige, dessentwegen ich seinerzeit überhaupt in die Werbung gegangen bin. Er hat Sachen gemacht, da dachte ich mir, so was will ich auch machen. Von ihm stammt zum Beispiel eine Anzeige, die hing damals in meinem Kinderzimmer. Also dort hätte sie jedenfalls gehangen, wenn es sie schon gegeben hätte, als ich noch Kind war – und wenn ich als Kind schon erkannt hätte, was für eine Anzeige das ist. Und natürlich, wenn noch Platz gewesen wäre neben den ganzen Centerfolds aus der Bravo. Diese Anzeige, wie gesagt, von Kurt, was ich damals allerdings noch nicht wissen konnte, war der Grund, warum ich in die Werbung gegangen bin. Sensationell. Eine Kleinanzeige. Gerade einmal drei auf vier Zentimeter groß. Mehr nicht. Kein Text, kein Bild. Nur eine rote, also eine von unten keilförmig eingeschnittene rote Fläche. Ich schwör's. Das war alles. Genial. Das rote Logo von Marlboro. So macht man das! Sie kennen dieses rote Dach, besser gesagt, dieses weiße Dach, vor der roten Fläche, das Marlboro-Logo. Nur das. Mehr nicht. Das Geniale daran war die Platzierung. Rechts unten auf einer Doppelseite der Financial Times mit den Börsenkursen. Großartig. Eine Doppelseite nur Kurse, keine Bilder, keine Headlines, keine Anzeigen, nur Börsenkurse. In fünf oder maximal sechs Punkt großer Schrift eine endlose Reihe von Unternehmensnamen und ihr Kurswert, Spalte für Spalte. Und dann rechts unten das kleine Kästchen mit dem Marlboro-Logo. Großartig. Normalerweise gab es auf diesen Seiten gar keine Werbung. Er hat's geschafft. Er platzierte auf der Seite mit den Börsenkursen ein Logo, bitte schön nur das Logo, ohne Schriftzug, zahlte die Fläche von drei auf vier Zentimetern und hatte den Effekt einer riesigen Marlboro-Doppelseitenanzeige in der Financial Times – und das mit dem richtigen Imagetransfer. Für den Preis einer Kleinanzeige. Wegen der Anzeige, genauer gesagt, wegen dieser Kleinanzeige, bin ich damals in die Werbung.

So kann's gehen. Aber das war natürlich noch eine andere Zeit, sagen wir einmal: überschaubarer, jedenfalls im Rückblick einfacher, Sie können auch sagen unterkomplex. Jedenfalls konnte man damals noch alles ordentlich unterscheiden, einteilen und kannte sich aus. Rechts war rechts und links war links. Basta. Wer einen BMW fuhr, der trug auch Anzüge von Hugo Boss und verwendete Rasierwasser von TABAC. Ganz einfach. Wer einen BMW fuhr, der würde seiner Tochter nie erlauben, mit einem Mercedesfahrer auszugehen, Fiat vielleicht, die Jugend halt, aber Mercedes? Niemals. Markentreue, das war mal ein relevanter Wert, eine Orientierung, ein Statement, manchmal über Generationen hinweg, eine Marke hat etwas bedeutet, der Mensch stand früher treu zu einer Marke, heute wird er von x-beliebigen Marken gestalkt. Markentreue damals, Markenstalking heute. So ist das. Treuepunkte, Treueprämien, Treuerabatt, überall „Belohnungen", noch bevor man überhaupt weiß, wem man seine Treue schwören soll. So haben sich die Zeiten verschoben. Na ja, die Zeiten eben. Hysterisch einerseits, also innerlich, und vollkommen lethargisch andererseits. Eine Art hysterische Lethargie. Aufgewühlt auf der einen Seite und gleichzeitig apathisch. Alles macht ständig enormen Druck, aber keiner da, der ihn aushält. Ich bin vom Thema abgekommen.

Obwohl, dazu passt natürlich das Dogma der *Kundenzufriedenheit*. Hotlines, Formulare, Bewertungen, alles automatisch, eine simulierte Kommunikation. Überhaupt ist das mit der Kundenzufriedenheit eine Simulation. Ein simuliertes Zuhören, das Vortäuschen von Interesse. In der Politik genauso. Da stellen sich Politiker ans Mikrofon und sagen Sätze wie: „Wir haben verstanden." Das ist doch absurd! Was meinen die? *Wen* meinen die?! Mich? Oder meinen Nachbarn?!? Oder vielleicht diesen Typen von gegenüber? Gott bewahre! Es geht doch nicht darum, dass ein Politiker mich versteht, es muss doch umgekehrt darum gehen, dass ich die Politiker verstehe. Ich will verstehen, was die vorhaben, was die machen wollen, was sie für ein Gesellschaftskonzept umsetzen wollen, wofür die stehen. Nicht *die* müssen mich verstehen, ich will *die* verstehen. Ich bin Privatperson, meine privaten Angelegenheiten und Wünsche muss ich schon selbst regeln und aushalten. Das geht niemanden was an. Umgekehrt muss ich natürlich verstehen, was so ein Politiker will, damit ich wählen gehen kann. Aber das ist eben Marketing. Eine Verdrehung. Kurt hat sich übrigens immer geweigert, für eine Partei zu arbeiten, Wahlkampagnen zu entwickeln oder überhaupt politische Werbung zu machen. Als Ikone, als Legende der Branche, ist er natürlich öfters diesbezüglich angefragt worden. Er hat immer abgelehnt. Nicht aus moralischen Gründen, das nicht, sondern weil er sagte: „Kann ich nicht." Er meinte dann nur: „Sorry, Politik ist kein Produkt, und eine Partei ist keine Marke, ich bin Werber, ich kann nichts für Sie tun." Ein Werber kennt eben seine Grenzen. Demgegenüber macht ein Marketingler alles. Da kennt der nichts. Außerdem, *politische Werbung*, was soll das sein? Will man staatstragend auftreten, dann schreibt man irgendwas mit Zukunft auf die Plakate, und wenn man sich kämpferisch geben will, dann schreibt man eben „Die anderen sind schuld!!“ drauf. Das können auch Marketingler, dafür braucht man keine Werber. Politische Werbung ist ja überhaupt ein irreführender Begriff. Politik ist was für Message Control, da ist mehr das gefragt, was man aus dem Wrestling kennt, Kayfabe, also die Wahrung der Suspension of Disbelief. Das ist die Kunst, nie und keinesfalls aus der selbst gewählten Rolle zu fallen. Stellen Sie sich einmal einen nachdenklichen Boris Johnson vor. Undenkbar. Das ist nicht seine Rolle. Werbung, jedenfalls im klassischen Sinne, ist da eine ganz und gar andere Aufgabenstellung. Politik ist die Wucht des Sendens, Werbung hingegen die Kunst des Zuhörens. Aber das ist natürlich jetzt meine Sicht der Dinge.

Senden, empfangen. Das ist gewissermaßen die Gretchenfrage bei der ganzen Sache. Im Grunde ist es eine Wissenschaft, da kann ich Ihnen als Praktiker wenig dazu sagen. Da müssen sie schon Marshall McLuhan oder Niklas Luhmann lesen, Ikonen der Theorie. Habermas natürlich. Oder Sie reden mit Hartmut Winkler darüber, guter Mann, emeritierter Professor für neue Medien, der kann Ihnen auch Interessantes und Erhellendes dazu sagen. Für mich, als Praktiker, dampft sich die ganze Medien- und Kommunikationstheorie im Erlebten ein. Folgendes Erlebnis, es ist zwar schon Jahrzehnte her, aber unverändert bezeichnend. Jacobs Kaffee, Marktführer damals, es ging um eine Submarke von Jacobs, also nicht einmal um die Hauptmarke, nur um eine Submarke. Kleine Sache, ich noch unerfahren, eines Tages sitzt bei denen, also bei Jacobs, ein neuer Marketingleiter. Eigentlich ein ganz gewöhnlicher Vorgang, einer geht, ein anderer kommt. Nichts Besonderes. Jetzt wollte der Neue natürlich gleich einmal zeigen, wer jetzt hier das Sagen hat, sozusagen eine Duftmarke setzen, auch ganz normal, warum nicht, dagegen ist nichts zu sagen. Das funktioniert wie überall, natürlich nach dem Prinzip: Wer viel Geld ausgibt, der hat auch viel zu sagen. Deshalb Film. Ein Werbefilm kostet, das hat Gewicht. Firmenintern. Egal, ob er draußen was bringt. Gut, wir stellen uns die üblichen Fragen, die man sich in so einem Fall eben stellt, Zielgruppe, Unique Selling Proposition, USP, ist ja inzwischen längst in den allgemeinen Sprachgebrauch eingegangen, steht sogar schon im Duden, Benefit, in der Branche arbeitet man viel mit englischen Begriffen, war damals noch branchentypisch, heute allgemein, das Übliche eben. Nach zwei oder drei Wochen, ich weiß nicht mehr genau, wie lange wir gebraucht haben, fahren wir also mit unseren Filmchen nach Bremen, dort ist der Firmensitz von

Jacobs, große Präsentation, schön aufbereitet mit Storyboards und Argumentarium, wie man es halt so macht. Und was macht der neue Leiter der Marketingabteilung der Submarke der Marke Jacobs Kaffee? Der schaut gar nicht hin. Das Ganze hat ihn einfach nicht interessiert. Stattdessen faselt er was von einem Film, von einem Spot, der vor Jahren für die Marke eingesetzt wurde. Er meinte nicht den damals aktuellen Spot, den nicht, der war ja von seinem Vorgänger, er meinte den Spot von dem Vorgänger seines Vorgängers, der war doch super, wie er befand, so einen Spot wolle er haben. Wir schauten uns den zitierten Spot an, eine lapidare Geschichte, junges Paar, er sitzt zu Hause, sie kommt vom Sport, ein bisschen modernes Gesellschaftsbild, alles endet bei einem Kaffee. Eigentlich kein Film, mehr eine Reihe von bewegten Klischees. Ich mach die Geschichte kurz, insgesamt zog sich die Geschichte über sechs Monate hin. Sechs Monate!! Aber ich mach es kurz. Es wurde der gleiche Film, also der tatsächlich gleiche Film, den es vor Jahren schon einmal gegeben hatte, noch einmal gedreht: nur mit etwas mehr Markenfarbe. Der neue Marketingleiter stampfte immer wütend auf und rief: „Mehr Branding, verdammt! Ich will mehr Branding!!“ Damit meinte er die Markenfarbe, eine milde, mintgrüne, leicht ins Türkise gehende Farbe. Alles hatte am Ende dieses milde Mintgrün-

Türkisige. Die Wohnung, die Kleidung, die Accessoires, sogar die Haare und selbst die Gesichter hatten diesen milden mintgrün-türkisigen Schimmer. Grauenvoll. Der gleiche Film! Nur milder, mintgrüner, türkisiger. Sechs Monate für den gleichen Film. Man hätte den alten Film aus dem Archiv holen können und einfärben. Stattdessen war ein ganzes Team sechs Monate damit beschäftigt, einem Marketingler seine firmeninterne Position zu rechtfertigen. Das ist die Wirklichkeit zur Theorie. Das alles hatte nichts mit der Marke, mit dem Produkt zu tun. Es ging nur um ihn, ausschließlich um seine kleine Ich-Welt. Jeden Tag klingelte das Telefon, und es musste stundenlang diskutiert werden, was die Frau über der Schulter trägt, wenn sie die Treppe hochkommt, ein Skateboard, Inlineskates oder nur ein Handtuch. Oder ist das nicht schon sexistisch? Man hätte es sehen können! Man hätte sehen können, was auf die Welt zukommt. Aber der Mensch ist eben blind gegenüber Veränderung. Irgendwann haben wir dann damit angefangen, nach jedem Telefonat ein Gesprächsprotokoll anzufertigen und nach Bremen zu faxen. E-Mail gab es damals ja noch nicht. Eine Notmaßnahme. Wir wollten einfach dieser Beliebigkeit, dieser Willkürlichkeit entkommen, wir wollten diesen wabbeligen Pudding an die Wand nageln. Oder, um es seriöser auszudrücken, wir wollten unsere Arbeit zu einem ordentlichen

Ergebnis führen. Drei Tage später wurde die Agentur gekündigt. Der Mann war keine Ausnahme. Der ist vielmehr ein Prinzip! Das Prinzip Wirklichkeit, also jetzt als Gegenstück zur Theorie der Kommunikation. Solchen Figuren begegnet man in allen Marketingabteilungen. Tja, man kommt wegen einer kleinen, raffinierten Kleinanzeige zur Werbung und trifft auf großspurig hinterhältige Kleingeister. Aber die gibt es natürlich überall. Die sind so verbreitet wie das Marketing selbst.

An den Zahlen! Man kann sie an den Zahlen erkennen. Kurt sagte immer, ist übrigens noch so einer seiner Stehsätze: „Zahlen erzählen." Muss man sich merken. Der Satz ist von schockierender Zutreffendheit. Ich hatte mal einen Kunden, ein Neukunde, also gerade frisch erworben, kann man sagen, der kam zur Tür rein, und schon beim ersten Briefing-Gespräch, also quasi noch bevor man sich überhaupt kennenlernen konnte, hat er nur davon erzählt, welche tollen Extras er in seinen neuen Mercedes hat einbauen lassen. Extras für zwölftausendfünfhundertunddreiundvierzig Euro. Und dann, ohne auch nur ein Komma in seine Begeisterung einzufügen, beschwert er sich richtiggehend aufgebracht darüber, dass er ein Schulbuch für seine Tochter für tatsächliche zwölf Euro fünfzig (das ist ein Promille seiner Extras im neuen Mercedes!) aus eigener Tasche bezahlen soll. Aus eigener Tasche!! So eine Unverschämtheit! Das meine ich. So muss man den Marketingler verstehen. Zahlen! Zahlen entlarven, Zahlen sind Verräter. Man muss immer den Zahlen zuhören. Das ist typisch Kurt, dass er das wieder so in einen Satz zusammendampft, zu einem Sager komprimiert: „Zahlen erzählen!" Aber recht hat er. Man muss den Zahlen nur genau zuhören, dann erzählen sie dir alles, was du wissen willst.

Das ist der Unterschied. Den Worten, den können Sie nicht trauen. Zahlen hingegen unbedingt. Wenn Zahlen lügen sollen, dann müssen sie schon von Worten im Kontext verschoben werden. Aber die Zahl an sich, die lügt nicht. 12 500 Euro und ein glückliches Gesicht, 12,50 Euro und vor Zorn bebende Nüstern. Dieser Wahrheit wird der Mann, keine Ahnung mehr, wie er heißt, nicht entkommen können. Worte sind für die Wahrheit nicht geeignet, dafür ist die Sprache nicht gemacht. Das ist ja genau das Missverständnis. Um Worte, also *Text*, verstehen zu können, muss man erst den *Kontext* verstehen, damit man dann den *Subtext* verstehen kann, also versteht, was gemeint ist. Verstehen Sie? Ich mach es jetzt einmal ganz einfach: ein paar rote Schuhe. Sehen Sie, da gibt es keine Missverständnisse. Wenn es Herrenschuhe sind, dann ist es der Papst, sind es Damenschuhe, dann ist es die Dirne an der Ausfallstraße nach Osten. Misstrauen Sie also den Worten. Achten Sie stattdessen auf die Schuhe. Oder auf die

Hände, die sind auch aufschlussreicher als Worte. Oder eben auf Zahlen.

Kurt hat übrigens zu dem Thema einmal einen Vortrag gehalten. Ist schon einige Jahre her. Es ging dabei unter anderem um Sprache, also darum, dass Sprache dem Verschleiern des Gemeinten dient. Und dass es dann wiederum der Versuch des Verschleierns ist, der das eigentlich Gemeinte wieder entlarvt. Warten Sie, ich hab den sogar hier. Hier auf meinem Handy. Moment. Ich hab's gleich. Meine Güte, ist es schon so lange her? Hier! Hier ist er. Sehen Sie, das ist Kurt. Warten Sie, ich mach's ein bisschen lauter.

Guten Morgen, meine Damen und Herren, bevor ich Ihnen nun die Teilnehmer des heutigen Power-Frühstücks vorstelle ...

Klingt ein bisschen blechern. Das war bei einem Start-Up-Unternehmen, die hatten zu einem Power-Frühstück geladen. Das hieß tatsächlich so, Power-Frühstück!! Da kennen die nichts, die Start-ups, Power-Frühstück.

... erlauben Sie mir noch eine Bemerkung zum Thema. „Good Economy", das klingt hübsch – beim ersten Hinhören ...

Das Thema war „Good Economy". Man wollte wohl irgendwie seiner Zeit ein bisschen vorauseilen, Zukunft spielen. Also wagte man einen Abgesang auf die Old

Economy. Die New Economy schien damals zu schwächeln, das Platzen der Dotcom-Blase war noch präsent, dann die Finanzkrise, da wollte man wohl seiner Zeit ein bisschen voraus sein.

… Beim zweiten Hinhören klingt es schon ganz anders, „Good Economy". Das klingt nach schlechtem Gewissen. Der hübsche Begriff lässt gewissermaßen durchscheinen, was gemeint ist. Das tut er übrigens immer, das Wort lässt immer durchscheinen, wie es gemeint ist. Das Gemeinte drückt immer durch das Gesagte durch. Seien Sie also vorsichtig …

Und hier, das ist Renate, sie war bei dem Vortrag auch zugegen. Wir hatten beide, also Renate und ich gleichermaßen, den Eindruck, dass Kurt diesen Vortrag aus dem Stegreif gehalten hat. Hat er zuweilen gerne gemacht, einfach so, aus dem Stegreif.

… Die Erkenntnis, dass immer durchdrückt, wie etwas gemeint ist, stammt übrigens nicht von mir, die habe ich von einer Reinigungskraft in Las Vegas. Dort war ich vor ein paar Wochen bei einem Treffen des internationalen Art Directors Club, und als ich abends in meinem Hotel auf den Aufzug wartete, standen neben mir zwei etwa fünfzigjährige Frauen mit kaputten Knien, lädiertem Kreuz, drei Jobs, die gerade so zum Überleben reichen, dunkler Hautfarbe, also Putzfrauen. Zwei kluge Frauen …

Der Vortrag selbst war im Grunde nicht besonders sensationell, aber er war eine Sensation!! Hat eingeschlagen wie eine Bombe. Vor ihm all die schicken, erfolgreichen Anzüge, von denen damals noch keiner wusste, dass es ihn heute nicht mehr geben würde, und dann das. Passen Sie auf, jetzt kommt's.

... Nun ist Las Vegas, wie Sie wissen, nicht nur ein Spielerparadies, es ist auch die Hauptstadt des Selbstmords. Das stellt vor allem die Reinigungskräfte vor besondere Aufgaben. Die müssen am Ende nämlich wegwischen, was von den geplatzten Hoffnungen übrig geblieben ist. Die beiden Putzfrauen neben mir im Aufzug waren offensichtlich auf dem Weg zu einem übel zugerichteten Zimmer, da sagt die eine: „Wenn sich die Leute ins Herz schießen, das ist nicht so schlimm, Blut kann man wegwischen, aber wenn sie sich in den Kopf schießen, das ist schlimm. Das Hirn bekommst du nicht mehr von der Wand, da kannst du wischen, wie du willst, da hilft kein Drübermalen und kein Drübertapezieren mehr, das Hirn drückt immer durch."

Das habe ich mir gemerkt und das möchte ich Ihnen heute zum Frühstück sozusagen als Warnung mitgeben: Hüten Sie sich vor Ihrem eigenen Gehirn, es wird Sie immer verraten.

Schauen Sie mal. Gut, nicht?! Obwohl ich aus der letzten Reihe aufgenommen habe, kann man deutlich sehen, wie die Leute irritiert sind. Man sieht es ihnen sogar von hinten an. Die dachten wahrscheinlich, sie sollten jetzt lachen, die meinten, Kurt hätte einen Witz gemacht. Sie fanden es aber nicht komisch.

... Nun, ich nehme an, Sie verstehen unter „Good Economy“ wahrscheinlich solche Dinge wie CSR, „Green“ Labels, „Fair“ Labels, Charity, solche Dinge. Alles wichtige Faktoren fürs Image und deshalb schwer en vogue, das Gute scheint groß im Kommen zu sein ...

Und schon sind alle wieder ganz ruhig. Man muss nur ein paar Marketingbegriffe in die Runde werfen, dann sind sie alle wieder zufrieden.

... Sie kennen doch Thomas Middelhoff ...

Das war damals der Star der deutschen Wirtschaftselite. Einer von denen, die in einem Jahr auf allen Titelseiten sind, Man of the Year, Manager des Jahres, im nächsten Jahr im Knast. Sie kennen die Geschichte. Der war übrigens auch ein gern gesehener Gast auf Charity-Veranstaltungen.

... Der Punkt, auf den ich hinweisen will, ist folgender: Während Middelhoff ins Flugzeug steigt, um von Nürnberg nach Bayreuth zu fliegen, das sind siebzig Kilometer (!), wo er eine Charity-Veranstaltung eröffnet, haben unten, auf dem Boden, ein paar Tausend Angestellte auf ihren Lohn verzichtet, um sein Unternehmen zu retten ...

Und schon herrscht wieder etwas Unruhe im Auditorium. Man war schließlich hier zusammengekommen, um die Zukunft zu erobern, nicht, um sich die Vergangenheit oder gar Konsequenzen vorhalten zu lassen.

... Wie die Reinigungskraft in Las Vegas sagte, es drückt immer durch, wie es gemeint ist. Für eine Wegstrecke von siebzig Kilometern in das Flugzeug zu steigen, das meint: Mir ist der Boden zu heiß geworden. Und es meint auch: Ich will mit euch da unten nichts zu tun haben. Es drückt eben immer durch, wie es wirklich gemeint ist. Er will mit den Wirklichkeiten da unten nichts zu tun haben, stattdessen spendet er lieber für notleidende Kinder.

Da unten sind übrigens viele seiner Angestellten alleinerziehende Mütter, die wegen des Lohnverzichts ihren Kindern die Schulfreizeit nicht mehr bezahlen können. Aber keine Sorge, der Chef hat ja gespendet ...

Sehen Sie? Die Ersten stehen schon auf und gehen. Dabei kommt das Beste noch.

... Das Problem an Spenden ist, dass sie willkürlich sind. Es ist ja nicht nur demütigend, auf Almosen angewiesen zu sein, man kann auch nie wissen, ob nicht vielleicht schon morgen des großzügigen Spenders neue, junge Frau nicht viel lieber eine neue Yacht haben will. Das ist das Risiko der Rechtlosen ...

Warten Sie, ich spule ein bisschen vor.

... Man spendet für niedliche Eisbären und süße, kuschelige Koalas. Nicht gespendet wird hingegen für glitschige Schlangen, haarige Spinnen oder unsichtbare Tiefseebewohner, die aber gleichfalls unverzichtbar für eine intakte Welt sind. In der „Good Economy" wird auch für krebskranke Kinder gespendet, das ist wunderbar. Aber niemand spendet für seltene und möglicherweise auch noch hässliche, schlimmer noch, in entlegenen Urwäldern vorkommende Krankheiten. Pech gehabt ...

Wenn er mal in Fahrt ist, dann kommt er eben ganz schön ins Reden. Außerdem hat ihn angespornt, dass einige bereits den Saal verlassen haben, also führt er eben noch ein bisschen aus, Rechtssicherheit gegenüber Almosen, solche Sachen, da kann er stundenlang drüber reden.

... Aktuelles Beispiel. Gestern in der New York Times: Der Milliardär Donald Trump hat angekündigt, sich um das Amt des amerikanischen Präsidenten bewerben zu wollen ...

Damals schon! Schon 2011!! Man hätte sehen können, was auf uns zukommt. Man kann es immer sehen, aber man sieht es nicht. Im Grunde gibt es keine Überraschungen. Man ist nur immer wieder überrascht. Plötzlicher Wintereinbruch, jedes Jahr. Jeder Überraschung gehen wir sehenden Auges in die Falle.

... Der Komiker Seinfield war so entsetzt, dass er eine Charity-Gala absagte, auf der er mit Trump hätte auf-

treten sollen. Daraufhin Trump: „Seinfield hat wohl was gegen notleidende Kinder." Zur Not der Kinder kommt dann noch, dass sie als Munition herhalten müssen. Merken Sie? Immer nur Kinder. Was ist mit Krüppeln, Flüchtlingen, Asylanten? …

Und jetzt Achtung! Hier kommt's.

… Ich darf das kurz zusammenfassen: Wir zahlen Steuern, mit denen Banken gerettet werden, damit die ihren besten Leuten, also jenen, die die Bank in den Abgrund geritten haben, ihre Boni zahlen können, damit die dann mit Spenden die Aufgaben übernehmen, die der Staat nicht mehr wahrnehmen kann, weil er ja mit den Steuergeldern die Banker retten musste.

Charity-Veranstaltungen sind Veranstaltungen, auf denen sich jene treffen, die relevante Summen aus einem gesellschaftlichen System herausnehmen, ihm also die Mittel entziehen, seinen Aufgaben nachkommen zu können. Wie Privateigentum verteilen sie das Geld dann nach persönlichem Gutdünken und Interesse. Das ist Charity.

Aber, meine Damen und Herren, es gibt sie tatsächlich, die „Good Economy". Doch wirklich …

Schöne Pause. Großartige Pause.

… Zahlen Sie Ihre Steuern!

Danach Schweigen! Sehen Sie, totenstill.

Und nun, meine Damen und Herren, darf ich begrüßen …

Er hat tatsächlich gesagt: Zahlen Sie Ihre Steuern! Ich war dabei. Ungeheuerlich. Nicht einmal Renate hat sich getraut zu klatschen. Ich konnte ja nicht, ich musste mit meinem Handy filmen. Keiner rührt sich, klar. Das war natürlich eine Provokation. Steuern als Good Economy zu bezeichnen, da fehlen einem die Worte.

Aus heutiger Sicht, also mit etwas Abstand betrachtet, war das seine Abschiedsrede. Ich meine, damals war er ja noch gut im Geschäft, wie gesagt eine Ikone, eine Legende, tatsächlich sogar *die Legende* unter den Ikonen. Aber mit der Rede hat er sich, wenn man es von heute aus betrachtet, verabschiedet. Es war der Anfang seines Abschieds sozusagen. Es war damals ja schon nicht mehr zu übersehen, dass die Szene immer mehr in die Hände von Marketinglern gefallen war. Nach ihm trat dann die eigentliche Rednerin dieses *Power-Frühstücks* ans Mikrofon, eine als Unternehmens- und Ernährungsberaterin Erfolgreiche, die sich in ihrem geradezu eingewachsenen und impertinenten Lächeln durch nichts, aber auch durch gar nichts erschüttern lässt: „Meine Damen und Herren", setzte sie völlig unbeeindruckt den Morgen fort, „wer von Ihnen möchte in fünf Jahren den Nobelpreis verliehen bekommen?" Da war die Welt dann wieder in Ordnung. Man glaubt es kaum, aber damit waren alle wieder zufrieden. Sie führte in der Folge aus, dass alles möglich sei, dass man nur auf sein Ziel fokussiert sein müsse, dass wir nur fünfundzwanzig Prozent unseres Gehirns, unserer Kapazitäten nutzten usw., das Übliche eben. Man muss sich da nicht wundern. Solcherlei hat sich in bestimmten Kreisen ja geradezu festgesetzt. Was heißt, in bestimmten Kreisen, das ist bereits überall. Wie Metastasen hat es sich ausgebreitet. Tapfer fokussieren und sich ordentlich was wünschen. Der Rest ist Anspruch, Anspruch auf die Erfüllung der Wünsche … Aber ich gerate schon wieder in einen Zustand.

Ich muss langsam mal los. Ich will Kurt nicht warten lassen. Bin sehr gespannt, was er mit mir besprechen will.

III

Ich bin mit Kurt übrigens in diesem Café verabredet, Sie kennen es vielleicht, vor einem Jahr war es noch ziemlich angesagt. Heute ist es wieder ein ganz normales Café. Das kommt auch vor, dass sich das Normale verlorenes Terrain zurückerobert. Die Betreiber des ehemals angesagten Lokals haben ihre Work-Life-Balance wohl nicht so richtig mit dem gastronomietypischen Phänomen von Stoßzeiten in Einklang gebracht. Inzwischen ist die Musik abgedreht, das übergriffige „Du" ist dem höflichen „Sie" gewichen, und wenn man ein weiches Ei bestellt, dann bekommt man ein weiches Ei und keine Kreation in steirischem Kernöl auf Gurken-Ingwer-Mus. Kein Witz! Für acht Euro fünfzig. Der Kaffee wird wieder ohne Erklärungen über Kaffeekultur und Bohnenanbau serviert, ist dafür aber einfach gut. Angenehm. Einfach ein Café. Jetzt ist es wieder ein Ort, vor einem Jahr war es noch ein *Place*, also eine Marketingidee. Übrigens von einem ehemaligen Marketingleiter. Eigentlich ein studierter Betriebswirtschaftler mit Zusatzworkshop

Marketing. Das hat ihm dann gleich eine Stelle als Marketingleiter eingebracht. Bei irgend so einer Consultingfirma. Ein Fünfmannbetrieb, drei davon im Marketing, zwei Frauen und er – leitend. Einmal, darauf war er besonders stolz, hat er *seine* Agentur, so nannte er das kleine Grafikbüro, das seine Broschüren gestaltete, gezwungen, den Titel einer Broschüre in Leuchtfarben zu drucken. Sogar zwei Leuchtfarben, Schrift und Hintergrund, Leuchtfarbe auf Leuchtfarbe sozusagen. Das fand er modern. Schrill. Egal jetzt mal, warum. „Die wollten nicht", echauffierte er sich gerne. „Die haben sich einfach geweigert. Haben gesagt, dass man den Titel dann nicht mehr lesen könne. Aber ich habe drauf bestanden!" Er hat so lange darauf bestanden, bis sie es in Leuchtfarben gedruckt haben. Natürlich konnte man den Titel nicht mehr lesen. Na, da hat er denen aber ordentlich eingeheizt, so was lässt er sich doch nicht bieten! Schlussendlich mussten die, also das kleine Grafikbüro, die Broschüre dann noch einmal auf eigene Kosten nachdrucken lassen. Das hat die fast die Existenz gekostet. Darauf war der stolz. Und nachdem er als Marketingleiter beinahe das Grafikbüro ruiniert hat, hatte er die Idee mit dem In-Place, die hat dann ihn beinahe ruiniert.

Kurt hat den Treffpunkt ausgesucht. Ich weiß aber nicht, ob er die Vorgeschichte kennt, trotzdem, die

Wahl des Treffpunkts hat etwas Symbolisches. Als würde er sagen wollen: Seht her, „denn alles was entsteht, ist wert, dass es zugrunde geht". Das war jetzt Goethe, Faust I, wissen Sie ja. Ich hab' ihm das jetzt in den Mund gelegt, Sie dürfen es ihm selbst also nicht anlasten. Der ehemalige Betreiber ist inzwischen übrigens Berater der österreichischen Regierung in Sachen Marketing. Wenn es um den Niedergang geht, dann landet man immer wieder in Österreich. Dieser Versuchsstation des Weltuntergangs. Wenn Karl Kraus gewusst hätte, wie recht er hat, dann hätte er darauf verzichtet, recht zu haben. Da bin ich mir sicher. Er ist jetzt zuständig für die Begrifflichkeiten, für die Außendarstellung. Nein, nicht Karl Kraus, der ehemalige Marketingleiter, dann In-Gastronom und jetzt Regierungsberater, den meine ich jetzt wieder. Sein Meisterstück lieferte er mit der Begründung für die einschneidenden Kürzungen bei Frauenprojekten. Das war sein Einstieg, meisterlich. Frauenprojekte bekommen jetzt einige Millionen weniger Geld, weil – und das muss man sich auf der Zunge zergehen lassen – die häusliche Gewalt gegen Frauen signifikant zugenommen hat.

Kein Witz! Begründung: Man will sich auf die Prävention konzentrieren.

Da muss man mal drauf kommen! Frauenhäuser müssen schließen, Beratungsstellen, ohnehin schon dramatisch unterbesetzt, müssen ihr Personal reduzieren, und verkauft wird es als Prävention. Das ist Marketing! Falls Sie es zu schnell gelesen haben und die innere Logik übersehen haben sollten, noch mal kurz: Die Einrichtungen sind Einrichtungen für jene, die Taten zum Opfer gefallen sind, und weil man ja die Taten verhindern will, braucht man auch solche Einrichtungen nicht mehr. Die Sprache ist des Teufels und sein Lieblingswerkzeug. Wenn der Teufel mit der Sprache spielt, bleibt – Sprachlosigkeit. So ein Marketingler hat ja eine ganze Munitionskiste voll mit Begriffen wie Kompetenzoptimierung, Synergieeffekte, Effizienzsteigerung, alles Blendgranaten und Nebelkerzen. Noch ein Beispiel, auch sehr schön, wir sind immer noch in Österreich, in dieser Versuchsstation des Weltuntergangs, der ORF, also der dortige öffentlich-rechtliche Rundfunk, verpflichtet jetzt in vorauseilendem Gehorsam seine Redakteure dazu, sich gegenseitig zu bespitzeln, damit nicht regierungskritisch berichtet wird. Das ist bitte schön kein Witz, das ist offizielle Praxis! Bespitzeln kann man das offiziell natürlich nicht nennen, also nennt man es „Monitoring". Monitoring, das klingt irgendwie objektiv, modern, wahrscheinlich aus der Wirtschaft, klingt jedenfalls so. In Wahrheit ist es Marketing. Ein Verbrechen an der Wahrnehmung. So entsteht eine neue Wirklichkeit im Schatten der Sprachlosigkeit. Ich will diesem ehemaligen Marketingleiter, dann In-Gastronomen und jetzt Berater da gar nicht allein dieses Verdienst zusprechen, Erfolg ist immer ein Kind der Umstände, inzwischen ähneln die sich dort alle, haben alle die gleiche Sprache. Egal ob Regierung oder Marketingetage.

Jetzt habe ich schon dreimal unterstreichen müssen: kein Witz! Sie werden es bemerkt haben. Weil man es ja nicht glaubt. Man hört es, man liest es, man sieht es und man kann es nicht glauben. Man schaut über den Atlantik – und kann es nicht glauben. Man schaut über den Kanal – und kann es nicht glauben. Man schaut über die Alpen – und kann es nicht glauben. Man schaut *in* die Alpen – und kann es nicht glauben. Alles kein Witz! Das zeigt erschreckend, wie nah sich inzwischen Marketing und Kabarett gekommen sind. Wie Kurt richtig gesagt hat: Wenn der Weltuntergang ein Instrument bräuchte, dann wären das Betriebswirtschaftler, Marketingler und Kabarettisten. „Die drei Totengräber der Menschheit" nannte er die. Das darf man jetzt nicht persönlich nehmen. So ein Kabarettist, der war ja mal was. Der war mal wichtig. Der hat Zusammenhänge erklärt, Machenschaften aufgedeckt, das Lachen zu einer gefährlichen Waffe geschmiedet. Das war wichtig. Heute, das muss man so sagen, leben wir im real existierenden Kabarettismus. Die Pointendichte ist geradezu unerträglich. Auf allen Kanälen Kabarettisten, Comedians, Slammer, gefühlte neunzig Prozent der gesendeten Programme, Formate, Botschaften sind witzig, der Witz hat sich zum mächtigen Herrscher aufgeschwungen. Beppe Grillo, Wolodymyr Selenskyj, Boris Johnson, Donald Trump ... Die einen machen sich offensichtlich einen, die anderen sind noch offensichtlicher einer. Man kann es nicht mehr unterscheiden. Und es ist nicht witzig! Es ist überhaupt nicht witzig, dass der Witz alles beherrscht. Aber nicht nur die Zeit ist eine andere geworden, auch der Witz ist ein anderer geworden. Als Herrscher ist er ein eiskalter Zyniker, und wo er den Beherrschten noch dienen könnte, dienen müsste, hat er sich in biedere Harmlosigkeit verkrochen.

Unter den Direktiven des Marketings ist sogar die Sprache selbst zu einem Witz geworden. Marketing ist ja in erster Hinsicht ein sprachliches Verbrechen. Begonnen hat es vielleicht mit einer guten Pointe, das kann sein, jetzt jedenfalls herrscht pure Gewalt. Verdreht, verbogen, für die niedrigsten Instinkte „brauchbar" gemacht ... Nun gut, die Sprache ist natürlich keine Tochter der Wahrheit. War sie nie. Das hat auch nie jemand behauptet. Aber sie hat doch immerhin noch dem Austausch, dem Kommunizieren gedient. Sprache war mal ein Instrument der Mitteilung. Heute verwenden diese Komiker die Sprache dazu, ihr Gegenüber sprachlos zu machen. Kennen Sie NLP? Neuro-Linguistische Programmierung? Kann ja ursprünglich ein interessanter Ansatz gewesen sein, kann ich jetzt nicht beurteilen, dann haben es die vorhin erwähnten Clowns für sich entdeckt, und jetzt ist die Sprache ein Verbrechen. Ein Witz, der nicht lustig ist.

Wo war ich stehen geblieben? Egal. Es ist jedenfalls nicht leicht, mitansehen zu müssen, wie so eine Legende wie Kurt vom Olymp herabsteigt. Andererseits wäre es fast noch schmerzhafter, zusehen zu müssen, wie sich diese Legende in dem heutigen Olymp zu halten versuchte. Aber Kurt versucht es erst gar nicht. Was soll er da noch? Mit wem will er sich denn dort unterhalten? Nein, das Geschäft hat sich doch sehr verändert und der Olymp auch. Der Olymp ist inzwischen ein grauenvoller Ort. Zeit zu gehen. Nur, wohin? Vermutlich zu seiner Renate. Kurt und seine Renate. Je nachdem, von wo aus man Kurt und seine Renate betrachtet, stellt sich das sehr unterschiedlich dar. Vom Olymp aus, eine Nebensächlichkeit, von hier aus, etwas Besonderes. Vielleicht diskutieren sie heute nicht mehr die ethische Komponente der Pharmaindustrie, das kann sein, aber die Diskussion selbst ist ihnen geblieben. Auch wenn Kurt jetzt nicht mehr so im Beruf und im Rampenlicht steht. Das ist für beide ja wieder eine neue Situation, aber es dürfte an der Diskussion selbst wenig geändert haben. Obwohl, so neu ist die Situation jetzt auch wieder nicht, sie ist nur ein bisschen verdreht. Während Kurt das Rampenlicht verlässt oder es bereits verlassen hat, das ist schwer zu beurteilen, ist Renate derzeit sehr gefragt. Sie reist von Kongress zu Kongress, von Vortrag zu Vortrag, sogar im Fernsehen war sie. Wegen des Klimawandels. Da passt ihr Forschungsgebiet nämlich genau hinein, und deshalb ist sie derzeit ständig unterwegs. Während Kurt zu Hause sitzt. Vor Kurzem war es noch umgekehrt. Kurt im Flieger um die Welt, sie in ihrem Labor. Heute sitzt er abends zuhause und sie in irgendeinem Hotel. Er spricht praktisch gar nicht mehr von Reichweiten, Zielgruppen, Positionierungen, Point of Difference, Frame of Reference, sie hingegen ständig von der Chrysaora melanaster oder von der Ctenophora. Beides sind Quallen, Chrysaora melanaster ist eine Kompassqualle, Ctenophora ist die Rippenqualle, Quallen sind ihr Forschungsgebiet. Auch wenn sie, beim Frühstück beispielsweise, das sie unverändert nur selten gemeinsam einnehmen, früher wegen ihm, heute wegen ihr, die Qualle nicht selbst anspricht, so ist zumindest ein Artikel von ihr in der Zeitung oder ein Beitrag gerade im Radio. Quallen sind zurzeit *das* Thema, wegen des Klimawandels, der Veränderung der globalen Wassertemperaturen, Artenwanderung et cetera. Freilich auch andere Themen, zum Beispiel das Potential, das die

Medizin darin sieht, bezüglich der Frage des ewigen Lebens. Material genug für Diskussionen. Also insofern ist die Situation nicht wirklich neu, nur verkehrt. Kurt beschwert sich nicht. Er hat den Haushalt übernommen, und dem Olymp, dem trauert er nicht nach. Er trauert nicht einmal seinem Ferrari nach.

Kurt hatte nämlich einmal einen Ferrari. Ich glaube, ich habe es bereits in einem Nebensatz erwähnt. Den Ferrari, also Kurts Ferrari, den darf man jetzt nicht mit den üblichen klischeegetrübten Augen sehen. Dieser Ferrari war eine Liebesgeschichte. Ein Dino 308 GT4 von 1975. In einem satten dunklen Weinrot. Nicht das ferraritypische leuchtende Feuerrot, nein, ein sattes dunkles Weinrot. Selten. Das war Mitte der achtziger Jahre. In Cannes, Sie wissen, dieses große alljährliche Werbefilmfestival, der goldene Löwe und so. Was der Oscar für den Film ist, das ist der Löwe für die Werbung. Entsprechend die Szenerie. Kurt war natürlich auch jedes Jahr dabei, damals jedenfalls, heute hat sich Cannes doch sehr verändert. Aber wir reden jetzt von damals, den achtziger Jahren. Kurt checkt in seinem Hotel ein, kommt auf sein Zimmer und findet dort eine Schale Obst, also alles ganz normal, nichts Außergewöhnliches. Und neben dem Obst liegt eine Karte mit Begrüßung. Im Grunde auch nichts Besonderes. Allerdings handschriftlich. Auch völlig normal. Eine Begrüßung, nichts weiter. Kurt nimmt die Karte, liest sie – und legt sie weg. Dann nimmt er sie noch einmal und liest sie erneut. Er ist irritiert. „Soyez le bienvenu!", stand dort zu lesen. Am Text konnte es nicht liegen. Eine Floskel, freundlich, üblich. Als er sie zum dritten Mal gelesen hatte, dämmerte es ihm. Es war die Handschrift! Eine zarte, rundliche Handschrift, ausgewogen, ohne Schnörkel, sie kippte nicht nach links und nicht nach rechts, normale Unter- und Oberlängen, jung, frisch, unbedarft, neugierig, mädchenhaft und doch selbstbewusst, das „e" vielleicht etwas kokett. Er hat sich, man kann es nicht anders sagen, in die Handschrift verliebt. Kurt musste sich einen Moment setzen. Er nahm abermals die Karte, tatsächlich, er schaute sie lange an, folgte mit den Augen dem leicht schwingenden Schriftzug … Kaum zu glauben, er hatte sich in eine Handschrift verliebt! Daran konnte kein Zweifel bestehen. Das ganze Festival, das Gerenne um die Preise, die Abendessen, Cocktails und Dinners haben auf einen Schlag ihren Glanz verloren, Kurt war nicht mehr daran interessiert. Er machte sich stattdessen auf die Suche nach der Hand zu der Handschrift. Er hatte genau drei Tage Zeit. Also knapp drei Tage. Man muss allerdings sagen, das war jetzt nicht wirklich eine Aufgabe für einen Sherlock Holmes. Kurt ging einfach zur Rezeption und fragte, wer denn diese Karte geschrieben habe. Sie wohne noch bei ihren

Eltern, erfuhr er, gleich hinter Cannes in den Bergen. Das Folgende war schon sehr viel schwieriger, und dafür brauchte Kurt bis zum nächsten Tag, also fast die Hälfte der zur Verfügung stehenden Zeit. Er musste nämlich den nötigen Mut aufbringen. Man fährt ja nicht alle Tage einfach so in die Berge und wird bei den Eltern einer unbekannten Hand, wenn auch einer mit einer bezaubernden Handschrift, vorstellig. Ich weiß das übrigens deshalb alles so genau, weil ich damals ebenfalls in Cannes war. Ich sollte für meine Agentur, also für die Agentur, bei der ich damals angestellt war, einen unserer Kunden, einen kleinen Bierbrauer aus dem Hinterland, begleiten. Für den hatten wir extra ein Filmchen produziert, das wir in Cannes einreichen konnten, nur weil der Chef mal nach Cannes wollte. So was kam damals häufiger vor. War nicht ganz korrekt, haben aber viele so gemacht. Normalerweise muss ein Filmchen auch ausgestrahlt werden, mindestens einmal, damit es eingereicht werden kann. Der Film wurde auch ausgestrahlt, allerdings nur ein einziges Mal, auf einer Nebenschiene eines Privatsenders, einmal, aber nur, damit man ihn einreichen konnte. Haben viele so gemacht. Wie gesagt, es ging um Bier. Die Brauerei hatte auch ein etwas stärkeres Bier im Sortiment, für das haben wir den Film produziert. Also, die Kamera zeigt den ganzen Film über nur einen einzigen Ausschnitt, kein Schwenk, kein Zoom, keine Fahrt, starre Kamera. Wir sehen einen Mann an einem Tresen sitzen, mit dem Rücken zur Kamera. Nichts passiert. Die Kamera bewegt sich nicht, der Mann bewegt sich nicht, nichts passiert. Im Hintergrund ein bisschen Kneipe, der Barkeeper geht mal durchs Bild, etwas Musik, Stimmen, sonst nichts. Zehn Sekunden, fünfzehn Sekunden. Nichts passiert. Plötzlich kippt der Mann ganz langsam zur Seite, dann fällt er einfach so aus dem Bild raus. Eine Sekunde später, rrrummms, aus dem Off hört man, wie der Mann auf dem Boden aufschlägt. Jetzt ist der Blick frei, sodass wir ein leeres Bierglas auf dem Tresen stehen sehen. Mit dem Logo der kleinen Brauerei drauf. Schrifteinblendung: „Stärker“. Das war der Film. Unser Kunde hätte so ein Filmchen niemals als offiziellen Werbespot zugelassen, niemals. Aber weil er eben unbedingt einmal nach Cannes wollte, musste er, sozusagen gegen seinen Willen, einmal etwas wagen, sich gewissermaßen zu etwas Außergewöhnlichem herablassen, wenn man das so sagen kann. Ist trotzdem nichts draus geworden. Ich habe ihn damals nur begleitet. Allerdings wollte ich auch die Gelegenheit nutzen, um, falls möglich, Kurt zu treffen, ich wollte bei ihm vorstellig werden, mich um eine Anstellung bemühen. Die ganzen drei Tage während des Festivals habe ich versucht, Kurt zu treffen. Ich hab’s in der Hotelbar versucht, in anderen Bars, auf dem Festival, auf der Promenade, am Strand, ich habe Kollegen gefragt, aber Kurt war abgetaucht. Er hatte alle Termine abgesagt, erschien nicht beim Wettbewerb und war auch sonst nirgends zu finden.

Stattdessen hatte er sich einen Mietwagen genommen und fuhr siebenundzwanzig Kilometer ins Hinterland, in ein kleines Dorf namens Le Bar-sur-Loup. Als er vor dem Haus, dessen Adresse ihm der Concierge aufgeschrieben hatte, stand, war er gleich wieder so hilflos wie tags zuvor in seinem Hotelzimmer. Da kann man zur Legende, zur Ikone werden, wie man will, angesichts einer solchen Kleinigkeit wie einer Handschrift spielt die ganze Großartigkeit keine Rolle mehr. Noch bevor er auf die Klingel drücken konnte, kam ein mittelalterlicher Mann aus dem eher ärmlichen Haus, schaute Kurt an und fragte: „Je peux vous aider?“ Selbst Kurts mangelhaftes Französisch reichte aus, um das stark vom Dialekt gefärbte „Kann ich Ihnen helfen?“ zu verstehen, und er wäre beinahe unverrichteter Dinge wieder abgezogen, hätte da nicht in der Garage des Nachbargrundstücks, die Garage stand offen, ein weinroter Ferrari gestanden. Ein Dino 308 GT4! Also stotterte er etwas Ähnliches wie: „Wissen Sie, wem dieser Ferrari gehört und ob er zu verkaufen ist?“ Es war eine Notsituation. Die Frage nach dem Dino war eher ein

Reflex als überlegt. Langer Rede kurzer Sinn, die Hand der Handschrift hat er nie kennengelernt. Aber er ist mit einem weinroten Ferrari nach Hause gekommen. Übrigens auch mit einem Löwen in Silber, aber das hat ihn nicht mehr wirklich interessiert, trug aber dazu bei, dass er zu einer Legende in der Branche wurde. Der Löwe, nicht der Ferrari. Ich glaube, den Dino, also diesen Ferrari, den haben sie bis 1980 gebaut. So ein kantiges, eher sperriges Ding. Ursprünglich sollte eigentlich Pininfarina den Dino zeichnen, aber der hat zu lange dafür gebraucht, also ging der legendäre Enzo Ferrari zu dem ebenso legendären Bertone. Ist eine interessante Geschichte. Ist aber auch eine andere Geschichte. Den Namen „Dino" bekam dieser Ferrari, das nur am Rande, als Hommage an Enzos verunglückten Sohn Alfredo, den nannten alle nur Dino. So kam Kurt zu seinem Ferrari.

Später ist Kurt dann hin und wieder mit einem jungen Texter, oder auch einer Texterin oder einem Grafiker oder einer Grafikerin, in den Ferrari gestiegen und hat ein paar Runden gedreht. Er wollte damit zeigen, wie so ein Auto wirkt, wie sich das Auto in der Umgebung abbildet, wie es *erzählt*. Das waren seine kleinen Unterrichtseinheiten für die angehenden Talente. Erst fuhr er mit ihnen durch die Einkaufsstraßen, stellte den Ferrari an den Straßenrand und setzte sich mit seinem jungen Talent in ein Straßencafé und sie schauten einfach nur zu, wie die Leute vor dem Auto stehen blieben, drum herum gingen, Fotos machten. Es ist simpel, aber immer wieder verblüffend. Mit so einem Auto will einer wohl den Frauen imponieren, aber es drehen sich nur die Männer danach um. Das klassische Zielgruppenparadoxon. Auch SUVs werden gern mit Männlichkeit und Natur beworben, kaufen allerdings tun ihn überproportional die Frauen, weil man so schön hoch sitzt, wie sie sagen. Kurt sagte gern: „Wenn ich in ein hoffnungsvolles Talent nur einen Tag auf diese Weise investiere, dann bringt das der Agentur mehr als drei Jahre Ausbildung.“ Na ja, das kann man dann wohl getrost in den Bereich der Legendenbildung einordnen. Möglicherweise wirkte die Handschrift noch ein bisschen nach. Das würde ich eher vermuten.

Es ist ja dann auch einmal vorgekommen, dass der Ferrari eine andere Wirkung hatte. Oder sagen wir, seine tatsächliche Wirkung entfaltete. Jedenfalls beinahe. Also fast an das rangekommen ist, was Sie sich jetzt wahrscheinlich gedacht haben. Kurt war an dem Abend mal wieder länger in der Agentur geblieben und hatte noch ein Gläschen Wein getrunken. Später trank er dann noch eines, allerdings dann schon mit einer reizenden Kollegin. Er gab ihr immer gerne seine Texte zum Abtippen (damals wurde noch auf Schreibmaschinen getippt), weil sie die Eigenart hatte, sich ständig zu vertippen. Er bekam dann seine Texte regelmäßig und verlässlich gespickt mit Tippfehlern zurück. Diese ewigen Tippfehler trieben ihn in die Verzweiflung, in den Wahnsinn. Allerdings, das musste er sich eingestehen, liebte er diese Tippfehler. Er liebte diese oft abenteuerlichen Tippfehler geradezu zärtlich. Nicht selten gaben sie dem Text, also dem ursprünglichen Text, einen ganz neuen Sinn. Oft eröffneten sie ihm sogar neue Welten. Einmal, es war eine handschriftliche Notiz, die er ihr zum Abtippen hingelegt hatte, es ging um eine Kurzvita seiner selbst, für irgend so ein Magazin. Er schrieb unter der Rubrik Beruf: „Ich habe Ideen." Er fand das irgendwie kreativ und auch ein bisschen witzig. Als er den abgetippten Text zurückbekam, stand da zu lesen: „Ich hasse Ideen." Das war kein Tippfehler mehr, das war eine Erkenntnis! Es fiel ihm wie Schuppen von den Augen. Natürlich!! Genau das war es, was ihm an seinem Beruf so unendlich auf die Nerven ging. Ideen! Alle haben unentwegt irgendwelche Ideen. Ideen kann jeder haben. Ideen zu haben ist das Leichteste der Welt. Alle haben pausenlos und zu jeder Zeit Ideen. Was soll das sein, eine Idee? Achtung, Idee: Ich male einen Elefanten weiß an, bohre ihm ein Loch in die Kniescheibe und lasse lauwarme Milch durchlaufen. Egal jetzt mal, warum. Das ist mal eine Idee!! Ideen sind billig zu haben. Und dann sind die Ideenhaber auch noch stolz auf ihre Ideen.

Dabei geht es um etwas völlig anderes, es geht lediglich darum, das jeweils Wesentliche zu erkennen und dieses Wesentliche dann in einem Bild, in einem Satz zu erzählen. Das ist alles. Schwierig genug. Man kann jedes Talent natürlich auch zu seinem Gegenteil nutzen, ob einer Chirurg wird oder Mörder, ist dem Talent selber nicht eingeschrieben. Unter den übelsten Ideologen und Propagandisten gibt es großartige Talente, Verbrecher, aber begabt. Man kann einen Beruf nicht vor Verbrechern schützen, vor Marketinglern schon gar nicht. Wie auch immer, jedenfalls beschenkte ihn ihr reizender Tippfehler mit einer Erkenntnis, und mit der ging er zurück an seinen Schreibtisch, wo sich gerade unzählige Ideen zu einer neuen Kampagne für einen neuen Mazda oder Nissan, ich weiß es nicht mehr genau, stapelten, die wanderten alle in den Papierkorb. Stattdessen skizzierte er eine einfache Straßenszene: ein Auto, etwas frech und ein bisschen zu cool, am Straßenrand geparkt. Keine Headline, keine Subline, keine Copy, nur das Auto, und mit diesem supercool die Straße gepimpt. Logo. Aus. Der neue Mazda oder Nissan oder Toyota, egal, ein Japaner jedenfalls, war ein bisschen proletoid positioniert, von der Zielgruppe her, also hat ihn Kurt auch ein bisschen proletoid in Szene gesetzt. Ganz einfach. Sehr erfolgreiche Kampagne. Dieser Tippfehler trug letztlich nicht wenig dazu bei, dass seine Kampagnen, seine Anzeigen und Spots ihn in der Folge ihn zu einer Legende, zu einer Ikone gemacht haben. Auf unzähligen Jurysitzungen, Kurt war ja als Ikone der Branche immer zu den ganzen Preisverleihungen als Juror eingeladen, haben sämtliche anderen Jurymitglieder ungeduldig darauf gewartet, bis Kurt sein „Einfacher Gedanke, großartige Umsetzung“, denn das gehört unabdingbar zusammen, platzierte, um sich dann seiner Meinung anzuschließen. So ist eben die Branche.

Mit dieser Kollegin übrigens saß er später dann noch weitere Male abends länger bei einem Gläschen Wein in der Agentur. Einmal hat er ihr dann angeboten, sie nach Hause zu fahren. Mit dem Ferrari. Hätte er eigentlich nicht mehr dürfen. Fahren, meine ich jetzt. Vor ihrem Haus angekommen, sagte sie kurz und bündig, er solle dort parken und mit ihr nach oben kommen. Tja, es waren unkomplizierte Zeiten, damals. Er hat sich nicht dagegen gewehrt. Sie stiegen die Treppen hinauf, dritter Stock, sie schloss die Wohnungstür auf, er hinter ihr – und durchaus ein bisschen nervös. Ich sagte ja bereits, dass Kurt nicht zu den besonders Umtriebigen auf diesem Gebiet zählte. Sie öffnet also die Türe zu ihrer Wohnung, plötzlich dreht sie sich um und schiebt ihn, quasi in ein und derselben Bewegung, wortlos wieder ins Treppenhaus hinaus! Und schon war die Tür wieder zu. Das war dann doch eine etwas unerwartete Wendung. Kurt brauchte einen Moment, bis er sich trollte. Man muss sagen, er ist anders das Treppenhaus heruntergegangen, als er hinaufgekommen war. Und er ist sehr viel anders in seinen Ferrari eingestiegen, als er kurz zuvor ausgestiegen war. So leise ist noch nie ein Ferrari davongefahren. Später erklärte sie ihm dann, dass ihr Freund unerwartet wieder zurückgekommen sei, sie habe es an seinen Schuhen im Flur erkannt, und also musste Kurt wieder gehen. Sie hat sich danach nie wieder in seinen Ferrari gesetzt. Und er hat nicht versucht, sie noch einmal dafür zu gewinnen. Allerdings keineswegs wegen seiner moralischen Stärke, das nicht, sondern weil es eben nur einmal diese Chance gibt, auf die Art vor die Tür gesetzt zu werden. Der Treue muss zuweilen eben auch von den Umständen unter die Arme gegriffen werden. Von da an war seine Furcht jedenfalls auf der Hut davor, überrumpelt zu werden. Später begann Kurt, der verpassten Möglichkeit nachzutrauern. Komischerweise mehr und mehr, je länger die Episode zurücklag. Manchmal übermannte, oder müsste man da nicht sogar richtigerweise sagen: überfraute?, ihn richtiggehend Sehnsucht. Öfters sogar.

Jetzt, wo er sich aus dem Olymp verbschiedet hat, überlegt er sich öfters einmal, ob er sich nicht vielleicht doch mal wieder bei ihr melden solle. Man bereut ja meist das, was man nicht gemacht hat, seltener das, was man gemacht hat. Vielleicht hängt es tatsächlich in gewisser Weise mit seinem Abschied aus dem Olymp zusammen, dass er sich zu solchen Sentimentalitäten hinreißen lässt. Möglich. Ist durchaus vorstellbar. Irgendwie erinnert ihn sein jetziger Abstieg an jene Situation damals, als er auf dem Treppenabsatz umkehren musste. Genau genommen, war er ja nicht wirklich im Olymp, der war und ist noch immer den Unsterblichen vorbehalten. Er war, genau genommen, nicht weiter gekommen als bis auf den Treppenabsatz vor dem Olymp, also lediglich bis dahin, wo all die anderen Olympanwärter darauf warten, eingelassen zu werden. Es reicht für die Unsterblichkeit ja nicht aus, es hier unten, im ganz normalen Alltag, bis zu einer Ikone gebracht zu haben, zu einer Legende zwar, sogar zu der Legende unter den Ikonen, aber eben nur hier unten, das reicht für die Unsterblichkeit natürlich nicht, ist ja klar. Ich will die Leistung keineswegs gering schätzen, es ist zweifellos schwierig genug, den Treppenabsatz vor dem Olymp zu erreichen und sich dort über viele Jahre, Jahrzehnte zu halten, allen Respekt, keine Frage. Es muss also ein etwas seltsames Gefühl sein, diesen Olymptreppenabsatz wieder verlassen zu müssen, wieder die Treppe herunterzusteigen, ohne eingelassen worden zu sein. Zumal, wenn man dabei all jenen begegnet, die sich gerade anschicken, ihrerseits diesen Treppenabsatz vor dem Olymp erklimmen zu wollen, die sich hier heraufquälen, dorthin, wo man selbst so viele Jahre ausgeharrt hatte. Das ist der eigentliche Schmerz, nehme ich an. Er spricht ja nicht darüber. Wo er sich doch immer sehr engagiert hat, junge Leute gefördert hat, sich um sie bemüht hat. Dann zu sehen, wie seine eigenen Bemühungen, in Gestalt von Marketing, ihm auf dieser Treppe entgegenkommen, da möchte man nicht in seiner Haut stecken. Wie seine Arbeit sich in der Wirklichkeit wiederfindet, das muss auch einen Kurt umtreiben. Aber, wie gesagt, er spricht nicht darüber. Und worüber man nicht reden kann, darüber muss man schweigen. Wittgenstein. Der hat gut reden. Der war Philosoph. Apropos Wittgenstein, da können Sie mal sehen, wie belesen wir in der Branche sind, zumindest waren, der hat ja sehr nachdrücklich darauf aufmerksam gemacht, dass es auf die Worte ankommt – und dass wir sie falsch verwenden. Und nicht nur die Worte, möchte man hinzufügen. Aber mit denen fängt es eben an. Andererseits, vielleicht muss man die Worte nur rückwärts lesen. Das ist jetzt nur mal so eine Überlegung von mir. Ich meine nicht buchstäblich rückwärts, sondern mehr inhaltlich, so meine ich. Beispielsweise, sagen wir mal, jetzt fällt mir natürlich kein passendes Beispiel ein, das ist ja immer so, wenn man ein Beispiel braucht, dann fällt einem keins ein. Macht nichts. Freiheit! Großes Wort. Ganz großes Wort. Gutes Beispiel. Schauen Sie sich mal an, wer heute das Wort benutzt, wer sich Freiheit auf die Fahnen schreibt. Sehen Sie!? Die leidenschaftlichsten Vernichter von Freiheit, die schreiben sich Freiheit auf die Fahnen. So meine ich rückwärts. Es gab Zeiten, da hat man noch sein Leben für die Freiheit gegeben, heute würde keiner mehr auch nur sein Handy dafür geben, aber immer davon reden. Gut, das wäre jetzt wieder ein anderes Thema. Wie gesagt, ist so eine Überlegung von mir, die Welt rückwärts zu lesen. Man versteht die Welt einfach besser, wenn man sie andersrum, verkehrt rum liest. Ist so. Das braucht natürlich seine Zeit, bis man das so sehen kann. Aber wenn man erst einmal alles verkehrt herum sehen kann, dann wird es fürchterlich. Man kann es dann nämlich nicht mehr anders herum sehen. Man kommt gewissermaßen hinter die Erkenntnis des Verkehrten nicht mehr zurück. Fürchterlich. Braucht seine Zeit.

Was soll man machen, die Zeiten haben sich eben geändert. Ich kann Ihnen übrigens genau sagen, wann die Zeiten sich geändert haben. Der Zeitpunkt, zu dem die Veränderung eingesetzt hat, lässt sich exakt bestimmen. Oktober 2002. Da haben sich die Zeiten geändert. Im Oktober 2002 postulierte Saturn, das ist dieser flächendeckende Elektronikgerätehändler, kennen Sie sicher, „Geiz ist geil". Man muss zugeben, das war ein Geniestreich. Katastrophal. Aber genial. Damit war die neue Zeit präzise auf den Punkt gebracht. Geiz ist geil. Kurt? Das kann ich jetzt nicht sagen. Ich weiß nicht, ob Kurt mit dem Slogan was zu tun hatte. Keine Ahnung. Vielleicht ist er sogar von ihm, oder er versucht seine Urheberschaft oder Mittäterschaft zu verschleiern. Beides denkbar. Zu der Zeit hatte ich Kurt ein wenig aus den Augen verloren. Ich war mit anderen Sachen beschäftigt. Ändert nichts daran, dass dieses „Geiz ist geil" eine ganze Zeit, ein Zeitgefühl, fast könnte man sagen: eine Generation, wie in einem Brennglas zusammengefasst hat. Zweieinhalb Worte, mehr nicht. Zwei Worte, die bis dahin in der Werbung undenkbar gewesen waren. Völlig unvorstellbar, dass jemand ein Wort wie „Geiz" oder „geil" in einer Werbung verwendet hätte, bevor die es gemacht haben. Die haben's gemacht. Ein Skandal. Einerseits. Andererseits: Sparsamkeit ist vernünftig. Was wäre das für ein Satz? Das wäre ein Nichts. Ein spießiges, defensives, geradezu verängstigtes Nichts. Dass Sparsamkeit vernünftig ist, das war vielleicht die Positionierung der Marke, aber als Slogan natürlich untauglich. Und auch als Positionierung im Grunde völlig fad, langweilig. Daraus aber dann so ein aufgeladenes Ding zu machen, das war schon eine Meisterleistung. Schonungslos. Brutal den Leuten den

Spiegel vorgehalten. Früher haben sich die Leute abgewendet, wenn sie den Spiegel vorgehalten bekommen haben. Plötzlich nicht mehr. Die fanden sich toll, die haben in den Spiegel geschaut und waren begeistert. Von sich selbst! Das muss man sich mal vorstellen. Von da an war die Welt nicht mehr so, wie sie bis dahin war. Am Ende ist es sogar so weit gekommen, dass die Leute Leute gewählt haben, von denen sie sagten, die sind ja wie wir. Muss man sich mal vorstellen. Wie gesagt, ich weiß nicht, ob Kurt da seine Finger dringehabt hat. Es könnte ebenso gut sein, wie es nicht sein könnte. Weil der Slogan nämlich genau das macht, was Kurt immer gesagt hat. Man muss Werbung vom Verbraucher her verstehen, nicht vom Absender. Sie kennen ja das Kommunikationsmodell, Sender, Empfänger und so. Normalerweise würde man sagen, die Marke ist der Sender und der Kunde, also der Konsument, ist der Empfänger. Kurt hat das immer auch von der anderen Seite betrachtet, also vom Verbraucher, vom Konsumenten, her. Man muss das erzählen, was der Konsument verstehen will. Jetzt haben wir den Salat. Erst wurde noch erzählt, was verstanden werden soll, dann das, was verstanden werden kann, und jetzt nur noch das, was verstanden werden *will*. Kurt hat das prophezeit, unerträglich.

Verrückt. Alles ist umgekehrt, verdreht. Ich will mich da jetzt nicht weiter ausbreiten, aber es fällt mir eben auf.

Irgendwie muss man alles verkehrt herum betrachten, um näher an das Gemeinte ranzukommen. Man kann das natürlich Kurt nicht direkt anlasten, das wäre absurd, aber dass er Teil davon ist, lässt sich auch nicht leugnen. Als Verhinderer oder auch nur als Widerständler hätte er keine Woche in der Werbung überlebt. Werbung ist nicht unbedingt ein idealer Ort für eine kritische Haltung. Marketing schon überhaupt nicht. Außerdem ist Kurt, schon von seinem Charakter her, kein Widerständler, der ist wahrlich kein Maschinenstürmer. Im Gegenteil. Er war immer gleich Feuer und Flamme, wenn es was Neues gab. „Early Adapter“ nennt man solche Figuren. Kurt hat immer früh erkannt, was da auf uns zukommt, und natürlich auch das Potential, das da drinsteckt. Er war der Erste, der dafür gesorgt hat, dass alle seine Mitarbeiter bis in alle Kanäle hinein vernetzt sind. Er selbst nicht. Bis zuletzt hatte er keinen Computer. Auch kein Handy. Jetzt hat er natürlich eins. Auch einen Computer. Aber als er noch Kurt war, da hatte er so was nicht. Da hatte er Sekretärinnen. Jetzt, wo er zu Hause sitzt und kleinere Jobs, wenn überhaupt, erledigt, alleine, bei sich zu Hause, jetzt hat er natürlich sowohl Computer als auch Handy. Damals nicht. Wegen des Abstands, wie er betonte. Nicht weil er ein Gegner von Computern oder Handys oder der ganzen Digitalisierung gewesen wäre, überhaupt nicht, es ging nicht um die Geräte, um Statussymbole, um das bessere, das teurere oder das exotischere Gerät, das war nie der Punkt, es ging um den Abstand. Hätten alle anderen keinen Computer gehabt, dann hätte er einen gehabt. Da alle anderen einen hatten, hatte er keinen. Der Abstand war das Entscheidende. Er sagte gern: „Nur wenn ich einen Abstand habe, habe ich auch was zu sagen. Wo kein Abstand ist, sagen alle nur das Gleiche.“ Die Frage nach dem Abstand ist sozusagen die grundlegende Frage schlechthin. Immer kommt es darauf an, aus welchem Abstand man etwas betrachtet. Es macht einen Unterschied, ob man mit fünf Zentimetern Abstand meint, vor einer Mauer zu stehen, oder aus fünf Metern erkennt, dass da nur ein paar Ziegelsteine aufeinandergestapelt sind.

Ich muss mal kurz auf die Uhr schauen, weil ich Kurt nicht warten lassen will. Vielleicht hat er mir ja eine SMS geschickt, dass er sich verspätet. Man lässt eine Ikone, eine Legende, die lässt man nicht warten. Umgekehrt übrigens genauso, aus fünf Metern Entfernung sehe ich nur Unkraut, aber aus der Nähe erkenne ich, aha!, der gewöhnliche Giersch, sehr hilfreich gegen mein Rheuma. Der gewöhnliche Giersch ist ein heimisches Kraut, ein Doldenblütler, kennt man, wenn man mal einen Pharmakunden betreut hat. Der gewöhnliche Giersch! Man glaubt nicht, was der anrichten kann. Die meisten kennen ihn ja nur als unausrottbares Unkraut in ihrem Garten, wenn sie ihn kennen – und wenn sie einen Garten haben. Der gewöhnliche Giersch hat aber auch Kurt und Renate zusammengebracht. Tatsächlich. Der gewöhnliche Giersch war nämlich damals dem Pharmakonzern, für den beide seinerzeit gearbeitet haben, wenn auch in unterschiedlicher Funktion, Vorbild für ein neues Rheumamittel. Damit wollten die ganz groß den Markt aufrollen. Es begann recht harmlos an jenem Abend, an der Bar, mit einem kleinen Wettstreit, wer weiß genauer, was der gewöhnliche Giersch an Inhaltsstoffen zu bieten hat. „Chlorogensäure, Phenolcarbonsäuren, Polyine, Cumarine …“ Sie war eben ganz und gar Wissenschaftlerin. „Und ätherische Öle“, wollte er ihr schmeicheln, er vermutete wohl, dass das für Frauen von Interesse sein könnte. „Flavonolglykoside, Harz, Hyperosid …“, die Wissenschaftlerin. „Der Giersch ist eine wahre Vitamin-C-Bombe, er enthält mindestens viermal so viel Vitamin C wie die Zitrone …“, der Werber. „Provitamin A, Isoquercitrin, Saponin, Kaffeesäure, Kalium, Magnesium, Calcium, Mangan, Kupfer …“, die Wissenschaftlerin. „Sogar fünfzehnmal so viel Vitamin C wie der Kopfsalat“, der Werber. Unterdessen, zunächst wohl von beiden unbemerkt, schlich sich ein gewisses Wollen in die Unterhaltung ein, übernahm langsam, unterstützt von entsprechenden Getränken, die Regie des Abends.

„Die Natur ist ein Wunder."

„Der Mensch ist ein Wunder."

„Der ist höchstens wunderlich. Die Natur aber bietet uns alles, was wir brauchen."

„Der menschliche Forschergeist hat überhaupt erst entdeckt, was wir alles brauchen."

„Die Natur stellt uns alles kostenlos zur Verfügung."

„Der menschliche Unternehmergeist macht daraus erst ein brauchbares Produkt."

„Die Natur hat immer das bessere Produkt, sozusagen das Original."

„Aber der menschliche Gemeinsinn macht daraus Erfolge, Karrieren, Arbeitsplätze."

„Der menschliche Stumpfsinn macht daraus eine Wüste!"

Wie man sieht, galt ihr Interesse der Natur, sein Interesse hingegen der Vermarktung. Als Marketingler würde man sagen, sein Interesse galt den Menschen. Aber das wäre Marketing. Wie auch immer, jedenfalls ging das dann so die ganze Nacht, bis aus einem ursprünglich zarten, kaum wahrnehmbaren Wollen ein lang anhaltendes und gegenseitiges Haben geworden ist.

Wollen und Haben, das ist überhaupt Kurts Thema. Der Mensch ist ja grundsätzlich ein Wollender, ein wollendes Wesen. Der Mensch will was. Wenn er dann was hat, zumal wenn er das hat, was er zuvor wollte, dann will er natürlich was anderes, oder mehr davon, weil er ja grundsätzlich ein Wollender ist, also trotz des Habens ein Wollender bleibt. Sagen wir einmal, ich will ein Motorrad. Ich rede jetzt vom Wollen, nicht von Notwendigkeit, das ist was anderes, nur vom Wollen. Also, ich will ein Motorrad. Als Gewolltes ist das Motorrad in weiter Ferne. Wenn ich jetzt den Abstand zum Motorrad verringere, es also vom weit entfernten Wollen ganz nah heranrücke, immer näher ans Haben heranrücke, es schließlich ins Haben herüberhole, dann verändert sich das Motorrad. Können Sie mir folgen? Jetzt habe ich also ein Motorrad, ich bleibe dennoch ein Wollender. Die Kunst besteht nun darin, und da war Kurt ein Meister, das Haben zu ermöglichen und das Wollen dennoch zu erhalten. Der Trick ist im Grunde einfach, man muss nur aus dem Motorrad etwas anderes machen. Zum Beispiel Freiheit, oder Wind in den Haaren, oder die Mitgliedschaft in einer Community, oder einfach ein Spielzeug für jemanden, der gerne in seiner Garage lebt. Das ist der Trick. Und die Kunst! Das Spiel mit dem Abstand. Das Begehren erhalten. Der Abstand macht es, dass ein Haben ein Begehren bleibt. Kurt war ein Meister dieses Abstands, dieser Distanz. Ich rede hier schon in der Vergangenheit, er ist natürlich ein Meister der Distanz, noch immer, auch wenn es ruhig geworden ist um Kurt. Das Marketing hingegen ist distanzlos. Es missbraucht das Wollen für die schnelle Befriedigung, macht das Wollen zum geizigen, gierigen Schnäppchenjäger. Das Marketing ist im Grunde noch nicht einmal eine Triebbefriedigung, lediglich eine Triebabfuhr, mehr Pornografie. Ja, so kann man das sagen, das Marketing pornografisiert die Welt. Es erfüllt keine Wünsche, es eliminiert sie einfach.

Wollen und Haben, eine größere Unterschiedlichkeit lässt sich schwer denken, und doch lassen sie sich kaum voneinander unterscheiden. Ich will Ihnen ein Beispiel geben, nehmen Sie Ihre erste Reise, wahrscheinlich mit Interrail, Sie sind irgendwo am Mittelmeer gestrandet, das Geld ist ihnen ausgegangen, gerade noch für irgendeine Flasche Rotwein hat es gereicht, eine sommermilde, sternenklare Nacht, die hübscheste Zufallsbekanntschaft, die das Mittelmeer zu bieten hat, neben Ihnen, und ein fremdsprachiger Wellengesang macht Versprechungen. Haben Sie das Bild? Und zur gleichen Zeit, am gleichen Ort, draußen auf dem Meer, jemand auf seiner eigenen Yacht in trostloser Langeweile, allein mit sieben verschiedenen Champagnersorten, am Abend soll es eine Bootsparty geben, ein Koch wurde eingeflogen, und sogar die geladenen Gäste sind mehr oder weniger gekauft, weil man's ja hat … Wie ähnlich sich doch die Unterschiede sind. Sie wollten die ganze Welt und hatten nichts, und da draußen auf der Yacht hat man alles, und alles will sich in einem wertlosen Nichts auflösen. Das Wollen werden wir zwar nicht los, aber das Haben ist jedenfalls ein Betrüger. Insgesamt eine sehr komplizierte Sache. Wenn man es allerdings vom Ende her betrachtet, ist es auch wieder ganz einfach, nämlich einfach nur ein Leben.

Kurt hat gerne die Sachen von hinten betrachtet, von der anderen Seite. Er ging daher gerne auf eine Beerdigung. Keine spezifische, also nicht eine Prominentenbeerdigung oder so, eher eine ganz gewöhnliche. Mit diesem „Hobby“, wenn man so will, hat er schon früh angefangen. Es ist immer wieder vorgekommen, dass er einfach von seinem Schreibtisch aufgestanden ist, um an einem x-beliebigen Vormittag auf den Friedhof zu gehen, um dort den Lebensgeschichten von ihm vollkommen unbekannten Menschen zu lauschen. Unbekannte Menschen, die ein völlig unbekanntes Leben führten. Manchmal sind bei einem verstorbenen Universitätsprofessor nur zehn Leute in der Friedhofskapelle gewesen, dafür saßen dessen drei Ehefrauen in der ersten Reihe, dann wieder folgten Hunderte dem Sarg eines völlig abgehalfterten und versoffenen Kneipenbesitzers. Ganz erstaunliche Lebensgeschichten werden auf Beerdigungen erzählt. Da hört man dann von einem kleinen Ingenieur, der alleine irgendwo im dritten Stock mit seinen zwei Wellensittichen lebte, die partout nicht singen wollten und denen er jeden Morgen drohte, dass er sie verkaufen würde, wenn sie nicht endlich anfangen würden zu singen, seit Jahren das gleiche morgendliche Ritual, man hört, wie er in die letzten Tage des Krieges hineingeboren wurde und wie er von einem russischen Soldaten als Baby aus den Trümmern gerettet wurde, wie der Soldat aus den eigenen Armeebeständen Milch stahl, nur weil dieser Soldat zu Hause im fernen Russland selbst eine kleine Tochter hatte, irgendwo im hintersten Russland, die im gleichen Alter sein musste, wie das Bündel hier, das er nun rettete und das deshalb der kleine Ingenieur werden konnte, der nun verstorben ist und verabschiedet wird. Man hört, dass der kleine Ingenieur neben seinem Beruf zwanzig Jahre als Discjockey aufgelegt hat, zu einer Zeit, als es weder Discjockeys noch Auflegen gegeben hat, dass er von seiner Frau verlassen wurde, dass er Katzen liebte und trotzdem mit zwei Wellensittichen zusammenlebte … Solche Geschichten hört man da. Er geht ja nicht gerne auf Beerdigungen von Leuten, die er kennt, von Freunden, Verwandten, Bekannten, aber bei Leuten, die er nicht kennt, da sitzt er gerne in der letzten Reihe und weint. Eigentlich hätte er ja keinen Grund dazu, trotzdem weint er. Andere weinen im Kino, er auf Beerdigungen. Irgendjemand hat ihn einmal darauf angesprochen, also auf sein Auf-Beerdigungen-Gehen, nicht auf sein Weinen, woraufhin der relativ schroff zur Antwort bekam: „Wenn ich mich für das Verhältnis von Linie und Punkt zur Fläche interessieren würde, dann wäre ich Künstler geworden, mich interessieren aber die Menschen." Manchmal konnte er angesichts der Geschichten auch tiefgründig werden. „Das Profane in einem ganz profanen Leben hat Bedeutung. Seine ganz und gar eigene Bedeutung. Keine wesentliche, keine besondere, keine relevante, nur seine ganz und gar eigene Bedeutung." Mehr ist jetzt von einem Werber, und sei er auch noch so eine Ikone, nicht zu erwarten. Deshalb lauscht er hin und wieder diesem Mysterium, das offensichtlich erst der Tod zu bieten hat. Das ist, wenn man so will, sein Hobby. Inzwischen ist man ja auch selbst immer häufiger in der Not gewesen, eine Beerdigung besuchen zu müssen. Ich schaue mich dann jedes Mal um, vielleicht sitzt Kurt in der hintersten Reihe und hört zu.

Zuckerwürfel. Das ist auch so eine Marotte von Kurt. Das Erste, wofür er in jeder Agentur gesorgt hat, war, dass es Zuckerwürfel gab. Kein Streuzucker, keine Zuckertütchen – Zuckerwürfel! Die klassischen Zuckerwürfel. Er geht auch nicht gerne in Cafés, in denen es keine Zuckerwürfel gibt. Er brauchte die, um in Diskussionen seine Vorstellungen zu verdeutlichen, seine Strategien zu bebildern. Und um damit zu spielen, das natürlich auch. Aber hauptsächlich zum Verdeutlichen; Zuckerwürfel waren eindeutig sein bevorzugtes Argumentationsmaterial. Kam ein Kunde in die Agentur und wollte etwas ganz schnell, es dürfe aber nichts kosten und müsse gleichwohl außergewöhnlich gut sein, also eine *pricewinning idea*, die aber sofort und quasi umsonst, so was ist häufiger vorgekommen, dann nahm Kurt drei Zuckerwürfel, legte sie in einem Dreieck auf den Tisch und definierte diese drei Stück Zucker als: „schnell“, „gut“ und „billig“. Dann legte er einen Bleistift in das Dreieck und erklärte: „Sehen Sie, wir können Ihnen immer nur zwei Dinge gleichzeitig anbieten, wir können gut und schnell sein – das wird allerdings teuer.“ Dann durchschnitt er mit dem Bleistift erneut, in einem anderen Winkel, das Dreieck: „Oder wir machen es gut und günstig – nun, das braucht seine Zeit.“ Und schließlich die dritte Möglichkeit: „Oder wir sind schnell und billig – das kann jedoch unmöglich gut sein.“ Früher konnte er damit überzeugen. Heute nicht mehr. Der letzte Kunde, bei dem er das versucht hat, der hat einfach die drei Stück Zucker genommen, in seine Tasse Kaffee geworfen und verlangt: „Natürlich geht alles drei zusammen, Sie sind doch der Kreative, lassen Sie sich was einfallen.“ Unnötig zu erwähnen, dass es sich dabei um einen studierten Betriebswirtschaftler handelte, die beherrschen das Unverschämte perfekt.

Weil die eben immer nur im engen Rahmen der eigenen Kaffeetasse denken. Aber strukturell, das muss man zugestehen, hat sich der Betriebswirtschaftler längst durchgesetzt, und weder Kurt noch seinesgleichen spielen heute noch eine Rolle in der Branche. Heute geht selbstverständlich alles drei zusammen. Ganz problemlos. Weil heute eben alles anders ist.

Gleich geblieben ist nur das Problem selbst. Und das lautet: Wie kommt die Botschaft dorthin, wo sie hin soll. An der Frage hat sich nichts geändert, nur die Antwort ist neu. *Pling*. Moment, ich bekomme gerade einen Tweet. Sehen sie, früher musste sich die Botschaft noch mühsam ihren Weg zum Adressaten suchen, heute ist sie einfach da. Hier: „Wir wollen, dass Sie zufrieden sind." Da kann ich schon wieder in Temperatur geraten. Plingt mir hier einfach so aufs Handy. „Wir wollen, dass Sie zufrieden sind!" Wollen die eben nicht. Können die gar nicht wollen. Das widerspricht dem Prinzip. Kundenzufriedenheit ist eine Marketingfassade, mehr nicht. Das muss man wissen. Die heucheln uns vor, dass wir noch Menschen wären, dass wir es mit uns selbst noch mit Menschen zu tun hätten. Wir sind aber keine Menschen mehr, wir sind noch nicht einmal mehr Konsumenten. Wir sind nur noch Konsumaten. Schauen Sie sich um, alles Konsumaten. Wir leben in einem riesigen Konsumatorium. Das muss man wissen. Schneller, besser, billiger, das sind die grundlegenden Konsumismen, nach denen wir hier funktionieren. Unsere Funktion als Konsumat ist ganz einfach: Ansprüche stellen! So funktioniert das System. Ansprüche, Ansprüche, Ansprüche. Die sind es, die das System rotieren lassen, damit es sich unentwegt weiter optimiert, wächst, lebt, die Kundenunzufriedenheit ist der Treibstoff dieses Konsumatoriums. Nicht die Zufriedenheit. Ein zufriedener Kunde ist kein Kunde, sondern unbrauchbar, der bringt das System ins Stocken. Stellen Sie sich einmal einen zufriedenen Kunden vor, der lehnt sich zurück und ist zufrieden, da geht doch nichts weiter. Das ist der menschliche Fehler, der Makel des Menschen gewissermaßen. Aber als Konsumat produziert er unentwegt Unzufriedenheit, damit die Ansprüche das Konsumatorium am Laufen halten. Die Unzufriedenheit ist ja praktisch die Definition unserer Wirklichkeit. Das Marketing wirft vorne in den Konsumaten ein Formular zur Kundenzufriedenheit ein, der verarbeitet es in Ansprüche, und was kommt hinten raus? CO_2. In Wahrheit werden wir an der Kundenzufriedenheit zugrunde gehen, nicht am Klimawandel.

Sehen Sie da drüben, ein Musterbeispiel: Nespresso. Bis vor wenigen Jahren kannte man von Nestlé nur Nescafé, ein Notkaffee im Schreibtisch der Sekretärin, falls der Kaffee mal ausgeht und der Chef unbedingt einen will. Gut, die Amis, die haben das Zeug auch so gern getrunken, ganz ohne Notfall. Bei uns hier brauchte es schon einen Notfall. So war es früher jedenfalls, dann kamen die Ansprüche. Heute verkaufen die Kaffee, als wären es Juwelen. Da sind die selber übrigens auch nicht drauf gekommen. Da musste erst die Zeit ihre Ansprüche formulieren, nicht einmal ihr eigener Ingenieur, der Erfinder der Kapsel, nicht einmal der wurde gehört. Erst die Ansprüche haben Nestlé zu Nespresso quasi hingetrieben. Übrigens, was für ein Potential in dem unattraktiven, hässlichen, im Grunde ungenießbaren Produkt Nescafé steckt, das hat ihnen Kurt schon vor vielen Jahren aufgezeigt. Aber er war zu früh dran.

Kurt bemühte sich damals um den Etat von Nescafé für Österreich und schaute sich erst einmal ein paar Zahlen an. Das war die übliche Vorgehensweise. Der Marktanteil war besonders interessant. Nescafé in Österreich entwickelte sich von ehemals 1,8 Prozent im Jahre 1948 auf einen Wert von sage und schreibe 1,8 Prozent (!) im Jahre 1991. Nageln sie mich jetzt nicht auf die konkrete Zahl fest, der Wert war jedenfalls verschwindend gering, die Steigerung noch geringer, praktisch gleich null. Kurt dachte sich: „Da können in all den Jahren doch nicht nur Idioten dran gearbeitet haben“ und ging hinüber zu seiner Sekretärin, um sie zu bitten, ihm eine Tasse Nescafé zu machen. Seine Sekretärin musste erst einmal zum Supermarkt, um ein Glas

Nescafé zu kaufen, das steht wahrscheinlich heute noch in ihrem Schreibtisch, für Notfälle. Kurt schlürfte also den Nescafé, der weder wie ein guter Kaffee schmeckte noch wie der typisch abgestandene Bürokaffee, und dachte sich: „Da ist nichts zu machen. Sei's drum. Ich habe ein Budget – und damit kann ich zwar nichts ausrichten. Dann sollte ich aber wenigstens was damit anrichten." So funktionierte Kurt. Damals. Heute nicht mehr. Aber damals hat er so funktioniert. *Anrichten*! Das war der Gedanke. Was kann man mit Nescafé anrichten? Im Land der Kaffeehäuser. Was kann man im Land der Kaffeehäuser mit Nescafé anrichten? Genau *die* Frage hat sich Kurt gestellt. Daran sieht man, aber das nur nebenbei, dass es immer auf die Frage ankommt. Nie auf die Antwort. Die Frage ist das Entscheidende. Die Antwort ergibt sich quasi von allein, die liegt bereits in der Frage drin, gewissermaßen eingekapselt, versteckt, man muss sich die Frage eben nur zu fragen wagen, dann wird die Antwort quasi mitgeliefert – frei Haus: Wir verwenden das Budget nicht für Werbung, sondern wir eröffnen damit ein Kaffeehaus! Das „Nes-Café"!! Irgendein Ecklokal in prominenter Lage, draußen steht groß dran „Nes-Café", und drinnen richtet ein begabter und einfallsreicher Koch die wildesten Nescafé-Kreationen an. Vom Eiskaffee bis zu Pralinen, vom Tiramisu bis zu nie gesehenen Desserts. Das wird ein echter In-Place, ein Talk-of-the-Town, ein Must-be! Die Begründung in der Präsentation folgte dem üblichen Muster, Marke entwickeln, Marke öffnen, ein Erlebnis, eine Entdeckung, neue Zielgruppen erschließen, das Übliche eben. Die Begründung war für die Marketingabteilung, aber der Gedanke war großartig. Heute naheliegend, damals völlig indiskutabel. Wie auch immer, Nestlé ging zu einer anderen Agentur, steckte Geld in eine klassische Kampagne, woraufhin sich der Marktanteil bis auf tatsächliche 1,8 Prozent entwickelte. Kaum zu glauben. Mittlerweile gibt es in vielen Städten diese von Nestlé selbst betriebenen In-Places, aber dafür brauchte es erst noch eine technische Innovation und die entsprechenden Ansprüche. Kurts Gedanke hätte natürlich nicht unbedingt funktionieren müssen, das nicht, so was kann auch gründlich schiefgehen, aber es hätte mehr Spaß gemacht, als weiter unbeachtete Plakate zu kleben und langweilige Spots zu schalten. Einen solchen Zugang hatte aber das Briefing nicht vorgesehen.

IV

Rot. Eben war noch grün. Jetzt ist wieder rot. Genau jetzt muss die Ampel umspringen, wo ich gehen will. Es gibt solche Tage. An solchen Tagen wird es jedes Mal genau dann rot, wenn man gehen will. Solche Tage gibt es. An anderen Tagen ist es genau umgekehrt, wo immer man hinkommt, es wird grün. Das gibt's auch. Bei Kurt zum Beispiel, bei dem war die Ampel immer grün. Allerdings ist er auch gerne einfach bei Rot gegangen. Das auch. Der hat sich um die Ampeln, ob rot oder grün, wenig geschert, er hat stattdessen auf den Verkehr geachtet, nicht auf die Ampel. Außerdem, ein Kurt wartet nicht, bis es grün ist, der geht einfach. Ein Kurt wartet nicht auf die Erlaubnis, um seinen Weg zu gehen. Während andere sich an die Regeln halten, hält er sich – an sich. So wurde aus Kurt *Kurt*.

Ich kann Ihnen sagen, wie er das gemacht hat. Also wie er aus Kurt Kurt gemacht hat. Im Grunde ganz einfach. Mit dem Briefing. Das war sein Trick. Briefing bedeutet, dass der Kunde sagt: Ich will! Und Kurt fragt:

Und wer bist du? Das war der ganze Zauber. Naivität. Mit Naivität hat er einfach die Machtverhältnisse umgedreht.

So ein Briefing ist nämlich eine hochinteressante Sache, wird aber meistens missverstanden. Normalerweise wird das Briefing nämlich als Aufgabenstellung für die Agentur verstanden – und damit eben missverstanden. Das Briefing ist nämlich für den Kunden wichtig, nicht für den Werber. Die Bedeutung des Briefings erschließt sich erst, wenn man es verkehrt herum versteht, also eigentlich versteht. Erst einmal muss der Kunde die Hosen runterlassen, bildlich gesprochen, er muss aufschreiben, wie er sich, sein Produkt, seine Marke sieht. Dann wird schnell klar, wie absurd das ist, was er sich von der Werbung erwartet. Das ist nämlich eine Entlarvung, eine Bloßstellung. Darauf hat Kurt immer großen Wert gelegt, auf diese Entblößung, darauf musste größte Sorgfalt verwendet werden. Das war eine mühsame Arbeit, so ein Papier ging viele Male hin und her, bis der Kunde keine Illusionen mehr hatte, hinter denen er sich verstecken konnte. Dann hat Kurt das Briefing genommen und in die Schublade gelegt, nicht mehr beachtet. Er hat es nicht seinen Kreativen vorgelegt, er hat es abgelegt. Das war Kurts Methode. Wegen der Reihenfolge, die Reihenfolge ist hier von großer Bedeutung. Danach hat Kurt seine Leute arbeiten lassen, ohne

Beeinflussung durch das Briefing, mit ganz freiem Blick von außen. Erst wenn die Kampagne fertig und er davon überzeugt war, das Richtige für den Kunden, also für die Marke, gefunden zu haben, dann hat er das Briefing aus der Schublade geholt und überprüft, wo die Vorstellungen des Kunden mit der von ihm entwickelten Kampagne übereinstimmen, wo sie nicht übereinstimmen, sich möglicherweise sogar widersprechen und wie diese Diskrepanz zu überbrücken beziehungsweise zu begründen sei. Und das war dann die Präsentation. So ist die Reihenfolge. Wenn die Reihenfolge stimmt, dann ist das Briefing von entscheidender Bedeutung. Aber das wird meistens missverstanden, wie gesagt.

Ein Kunde, also der Kunde einer Agentur, der Auftraggeber, lügt. Immer. Das liegt in der Natur der Sache. Kann ja gar nicht anders sein. Eine Selbstbeschreibung, und um das geht es letztlich in einem Briefing, ist nämlich keine Beschreibung, sondern ein Selbst. Sehen Sie die drei Mädels dort drüben? An der Bushaltestelle? Seitdem wir uns hier unterhalten, posen die vor ihren Handys. Ist interessant, immer die gleiche Pose, haben die wahrscheinlich aus dem Netz. Linkes Bein vor, rechte Hand in die Hüfte, Kinn vor, die Lippen leicht geöffnet und dann von links, rechts, schrägoben, schrägunten, alle möglichen Blickwinkel, aber immer die gleiche Pose. Interessant. Position halten! Glauben Sie bloß nicht, dass große, weltumspannende Firmen oder auch kleine, lokale Unternehmen anders wären als die drei Mädels dort drüben. Wenn sich jemand, ob Unternehmen oder Person, ganz egal, selbst beschreiben soll, dann lügt er naturgemäß, und zwar sich in die Tasche. Genau darauf kommt es an. Erst wenn die Lüge auf dem Tisch liegt, erst dann kann man sich daranmachen, die Wahrheit herauszufinden. Das ist der Trick an der Sache. Die Lüge ist der Schlüssel zur Wahrheit. Man muss erst einmal wissen, woran so ein Kunde glaubt, was er sich vormacht, was er sich einbildet, wie er sich belügt, seine aus der Innensicht naturgemäß verzerrte Perspektive muss erst einmal auf den Tisch – und gleich in die Schublade, ungelesen, wie gesagt. Danach hat Kurt sich an die Arbeit gemacht. So war die Reihenfolge. Damals jedenfalls. Heute ist es anders.

Aber im Zeitalter des Marketings, da wird nicht einmal mehr das Missverständnis als solches erkannt. Das Problem bleibt trotzdem. Innensicht, Außensicht, das ist das Dilemma. Der Blick von innen auf das Außen und der Blick von außen auf das Innen. So kann man sagen. Kurt hat mal versucht, das einer Marketingleiterin klarzumachen. Nun, er hat es dann vorgezogen, sie einfach nur hübsch zu finden, und stattdessen begonnen, ihr nachzustellen. Allerdings, wie ich hinzufügen möchte, beides ohne Erfolg. Der Marketingler missversteht

Kommunikation als Loyalität, der hat sich mit seinem Kunden schon so verschmolzen, dass von einem Kunden gar nicht mehr zu reden ist. Das Außen, also die Außenwelt, ist für den Marketingler nur noch aus dem Innen heraus vorstellbar. So hat sich das eben geändert. Zu Kurts Zeiten, also als Kurt in der Branche angefangen hat, da waren die Marketingabteilungen noch ganz klein, auch in großen Unternehmen, oft gab es nicht mal welche. Kommunikation war Chefsache. Seinerzeit hat ein Unternehmer oder ein Firmenchef noch selbst entschieden, wie die Kommunikation aussehen soll, da war so ein Chef noch nicht umstellt von Beratern, die ihm den Blick verstellten, der konnte noch selbst über den Tellerrand seines eigenen Unternehmens hinausschauen. Manche jedenfalls. Heute sind die Marketingabteilungen riesige Apparate, und der CEO bekommt, wenn überhaupt, nur noch das Ergebnis von dem Kleinkrieg, dem eifersüchtigen Hickhack in der Marketingabteilung, zu sehen. Oft haben die Unternehmen sogar sogenannte Inhouse-Agenturen, also ihre eigenen Agenturen im Haus. Die machen alles selber, ist ja billiger, wieder so ein struktureller Fehler der Betriebswirtschaftler. So ein Inhouseler macht nämlich nichts anderes mehr, der kennt nur noch das Unternehmen, für das er arbeitet. Kein oberflächliches Breitenwissen, kein breit gefächertes Oberflächenwissen mehr, kein Blick mehr über den Tellerrand, der macht tatsächlich nur noch die Kommunikation für die Firma, die ihn bezahlt. Verheerend. Da gibt es überhaupt keinen Außenblick mehr. Wer war das? War das Einstein? Ich glaube, ja, der hat gesagt: „Wer nur was von Mathematik versteht, versteht auch davon nichts." Ein Werber konnte einem Unternehmer noch darlegen, wie es draußen aussieht, der Marketingler weiß nicht einmal mehr, wie es drinnen aussieht, so sehr ist er Teil der eigenen Nabelschau. War eine Idee von Betriebswirtschaftlern. Aber wie gesagt, die Zeiten haben sich verändert. Es ist alles irgendwie im Selfie-Gestus erstarrt. Alles ist mit seinem Blick auf das Innen und der Wirkung auf das Außen so beschäftigt, dass es im Grunde gar kein Außen mehr gibt. Das Selfie, das ist genau die passende Metapher für unsere Zeit. So, jetzt muss ich aber wirklich los.

Ich bin neugierig, warum sich Kurt ausgerechnet mit mir treffen will. *Einfach so* ist unwahrscheinlich, man ist schließlich nicht befreundet. Wir sind, wenn ich mich richtig erinnere, nicht einmal per Du. Vielleicht mal ein zufälliges, situationsbedingtes, mehr so ein branchentypisches „Du", aber sicher nicht eines, das ein persönliches Verhältnis widerspiegeln würde. Natürlich kenne ich Kurt, so wie alle Kurt kennen, er ist schließlich wer, aber „persönlich" würde ich das jetzt nicht nennen. Im Grunde gibt es nur drei Möglichkeiten. Entweder es geht um was Berufliches. Oder um was Persönliches. Oder um irgendwas anderes, also mehr um was Allgemeines. Persönlich, wie gesagt, unwahrscheinlich, das Berufliche kann ich auch ausschließen, das ergibt keinen Sinn. Von mir wird er nur Routine erwarten können, was ihm, so wie ich ihn kenne, immer zu wenig war, und Verbindungen oder ein Netzwerk habe ich auch nicht zu bieten, es gibt von daher keinen Grund, ausgerechnet mich in beruflichen Angelegenheiten zu kontaktieren. Es wird wohl etwas Allgemeines sein.

Aha, Kurt ist schon da. Ich habe mich wohl doch ein bisschen verplaudert. Das ist jetzt wieder typisch. Typisch Kurt. Wenn man zu spät ist, ist er pünktlich, und wenn man pünktlich ist, ist er zu spät. Ich habe keine Ahnung, wie er das macht, er macht das immer so. Sagen alle. Dabei habe ich mich noch nicht einmal wirklich verspätet, kaum zwei Minuten, das kann man nicht als Verspätung bezeichnen, trotzdem ist Kurt schon da. Was natürlich auch bedeutet, dass ich mich jetzt nicht mehr innerlich vorbereiten kann. Weil Kurt ja schon da ist. Ich hätte mich gerne noch vorbereitet, innerlich sozusagen. Geht jetzt aber nicht mehr. Keiner weiß, wie er das macht. Auch wenn es nur um Minuten ist, wer pünktlich ist, muss warten, und wer zu spät ist, auch wenn es nur eine Minute ist, muss sich entschuldigen.

Macht, würde ich sagen. Deshalb sitzt er jetzt schon hier, ein bisschen ernst, wie ich finde, hinten in der Ecke, und liest Zeitung. Dieses entspannte Zeitunglesen von Kurt da hinten, in seiner Ecke das macht mir gleich ein schlechtes Gewissen. Es ist übrigens gleich einmal schwierig, wenn man den Leuten auf die Schliche gekommen ist, zumal wenn man einer Legende auf die Schliche gekommen ist. Das ist auch unangenehm.

Wie auch immer, Kurt ist also schon da, sitzt bei einem Kaffee im hinteren Eck und liest Zeitung. Ich war auf ein kleines Vorgeplänkel eingestellt, also nach einem freundlichen „Hallo“ oder „Guten Tag“ so ein bisschen „Wie geht's?“ und „Was machen Sie gerade?“. Aber Kurt macht keine Umwege, er geht direkt auf sein Anliegen los.

„Was darf ich Ihnen bestellen?“

„Ich nehme auch einen Kaffee.“

„Kaffee“, nickt er der Kellnerin zu und dann: „Danke, dass Sie sich Zeit genommen haben. Es geht um die neue Frankfurter Altstadt. Einweihung September oder Oktober. Das Budget für die Festlichkeiten ist so was um die ein, zwei Millionen. Davon ist die Hälfte, nehme ich an, für Sicherheitsmaßnahmen, die andere Hälfte für irgendetwas, was dem Bürgermeister schmeichelt und was die Marketingabteilung für ihr Standortmarketing brauchen kann. Für den Rest soll ich mir was einfallen lassen. Da habe ich an Sie gedacht …“

Schmeichelhaft.

„… Ich habe, offen gesagt, keine Lust mehr."

Weniger schmeichelhaft. Ich hätte mir etwas mehr Ansehen gewünscht, also nicht nur dafür da zu sein, Lustlosigkeit auszubügeln, muss ich schon sagen. Andererseits, immerhin. Etwas Berufliches also, das hätte ich nicht für möglich gehalten.

„Schauen Sie, ich bekam letzte Woche einen Anruf, ob ich interessiert wäre an einem ganz und gar außergewöhnlichen Auftrag. Ich erspare Ihnen die Details …"

Die Details kann er mir tatsächlich ersparen. Dafür braucht es nicht viel Phantasie. Man kann es sich nämlich auch ohne viel Phantasie ausmalen, wie die zuständige Magistratsabteilung beisammengesessen ist und über eine große, eine ganz große Eröffnung der neuen Frankfurter Altstadt nachgedacht hat. Jetzt verstehe ich, warum Kurt keine Lust mehr hat. Wenn eine Behörde einmal auf einen aufmerksam geworden ist, dann sollte man schon aus purem Selbstschutz keine Lust mehr haben. Jedenfalls angebracht. Eine städtische Behörde, also eine lokale Einrichtung, ruft bei ihm, einer Ikone der internationalen Werbekreativbranche, an, man kann sich vorstellen, dass sich einer wie Kurt sein Ende anders vorgestellt hat. Aber so ist es gekommen, man hat ihn eingeladen, man hat ihn sogar tatsächlich gebeten, er möge sich doch was einfallen lassen, ein Konzept für die Einweihung der neuen Frankfurter Altstadt erarbeiten, *entwickeln*, wie es immer so bedeutungsvoll heißt. Ich hätte ihm ein anderes Ende gewünscht. Alle hätten ihm ein anderes Ende gewünscht. Nun ist es halt so gekommen, Behördenmitarbeiter und Behördenmitarbeiterinnen sind beisammengesessen und haben sich gedacht, für unsere neue Altstadt wollen wir einen richtigen Profi – und haben dabei ausgerechnet an Kurt gedacht. Wahrscheinlich haben sie geglaubt, sie spielen mit ihrer neuen Altstadt jetzt mal mit, in der Oberliga der Kreativbranche. Für die neue Altstadt ist das Kreativste, ist der Name, der für Kreativität schlechthin steht, gerade kreativ genug. Nicht ahnend, dass Kurt sich eigentlich schon von seinem Namen verabschiedet hat. Innerlich. Ausgerechnet jetzt denkt eine Behörde an ihn. Die Behörde war am Telefon ganz aufgeregt, bemühte sich aber um einen professionellen Ton, sie bräuchten für diese besondere Aufgabe jemand Besonderen, jemanden, der „mit feingeistigem Humor" die Besonderheit der neuen Altstadt herausstreichen könne. *Feingeistig* hat die Behörde es genannt. Nicht etwa *feinsinnig*. Mit feinsinnig wollte man sich offensichtlich nicht begnügen, feingeistig müsse es mindestens sein. Jetzt, wo alles grob, derb und laut ist, will man den *feingeistigen Humor*! Wenn in eine Anfrage ein Lob hineingearbeitet ist, dann ist größte Vorsicht geboten.

Wenn in einer Anfrage drinsteht: *feingeistiger Humor*, dann wird, egal was man präsentiert, welche Ideen man vorschlägt, immer die erste Antwort sein: „Also wir hatten uns schon was Feingeistigeres vorgestellt, wir hätten, ehrlich gesagt, ein bisschen feingeistigeren Humor erwartet." Das weiß jeder. Egal was Sie dort anschleppen werden, immer wird es heißen: „Sie haben doch sonst so einen feingeistigen Humor." Das sollte man wissen. Das weiß man auch. Kurt weiß es natürlich auch. Wenn der Kunde dir schmeichelt, hast du keine Chance. Weiß jedes Kind.

Übrigens, apropos feingeistig. Kurt hat sich tatsächlich auch einmal auf feingeistigem Terrain versucht. Das war noch in den siebziger Jahren. Man kann ihm also, wenn man will, seine Jugend zugutehalten. Da hat er tatsächlich einmal ein Bühnenstück nicht nur selbst verfasst, sondern auch selbst zur Aufführung gebracht. Legendär. Das Stück war mehr oder weniger abstrakt, wie berichtet wurde, mehr absurd, geradezu feingeistig absurd. Misslungen, kann man auch sagen. Sagen auch diejenigen, die dabei waren. Aber an den Titel kann ich mich noch erinnern. „Die Frau mit dem Hut". So hieß das Stück. Daran kann ich mich noch gut erinnern. Darin war Kurt immer sehr gut, Titel, Headlines, Slogans, das, was man sich merken können sollte, das konnte er. Es waren, so hat man berichtet, gezählte siebzehn Zuschauer im Raum. Ich selbst gehörte leider nicht dazu, ich kenne die Geschichte nur, aber dafür mehr oder weniger ähnlich lautend, aus verschiedenen Ecken, man darf also die Berichte als zutreffend ansehen. Von den siebzehn Zuschauern waren ein wesentlicher Teil seine Familie, dann seine damalige Freundin und neun Studienkollegen, die waren allerdings schwer betrunken. Die haben, wie allgemein und in, wie gesagt, nahezu gleichem Wortlaut berichtet wurde, mit dem Techniker einen Streit angefangen, was schließlich in einer ansehnlichen Prügelei endete. Legendär der Abend, legendär! Aber ansonsten ist das Feingeistige keine Kategorie, in der man als Werber denkt. Da denkt man in Lösungen, in Antworten, man hat mehr den Effekt im Auge. Wenn das Feingeistige einmal eine Lösung oder eine sinnvolle Antwort ist, oder den gewünschten Effekt erzielen könnte, dann auch mal feingeistig, warum nicht. Aber einen feingeistigen Werber, den gibt es in dem Sinne nicht.

Vielleicht wäre das jetzt ein möglicher Moment, Kurt an diese frühen Versuche zu erinnern. Also an seine absurden, feingeistigen Anfänge. Fraglich allerdings, ob er daran erinnert werden möchte. Jetzt nur nebenbei, aber wenn man sich solche seltsamen Momente des eigenen Lebens noch einmal in Erinnerung ruft, dann ist es oft erstaunlich, dass ein Leben so verlaufen ist, wie es verlaufen ist. Wie leicht kann so ein Leben eine ganz andere Richtung nehmen. Vielleicht ließe sich das Stück „Die Frau mit dem Hut“ heute mit etwas größerem Erfolg noch einmal aufführen. Ist aber hier in der Situation ein untauglicher Gedanke. Das muss man auch sagen.

Und dann, völlig unerwartet, ich war darauf nicht vorbereitet, ich hatte damit nicht gerechnet, quasi ein Schock! „Ich mach das auch wegen Renate“, erklärte Kurt. Ich hatte das Gefühl, der Verkehr steht für einen Moment still, ich glaube sogar, die anderen Gäste im Café drehten sich ungläubig um. „Ich mach das auch wegen Renate.“ Unglaublich. No excuse, no explanation! Das hatte Kurt immer gepredigt, das war sein Prinzip. Das habe ich von ihm gelernt, daran habe ich geglaubt. Zwar sehr amerikanisch, aber überzeugend. Keine Entschuldigung, keine Erklärung. Mach deinen Job richtig, dann musst du dich auch nicht entschuldigen, ganz einfach. Und jetzt plötzlich fühlt er sich bemüßigt, eine Erklärung abzugeben, die noch dazu wie eine Entschuldigung klingt. Außerdem Renate. Wieso Renate? Warum benutzt er plötzlich Renate, und dann auch noch in dieser Weise? Es war also doch was Persönliches. Wie komme ich dazu? Aber man ist ja auch höflich, da fragt man ja dann auch nicht nach. Bei was Persönlichem fragt man nicht nach, da hört man zu.

Wenn man aus persönlichen Gründen zu einem Kaffee gebeten wird, dann hört man erst einmal geduldig zu, das ist wichtig.

Kurt also weiter: „Aber das tut hier nichts zur Sache. Um es gleich vorweg zu sagen, denken Sie jetzt nicht! Nicht nachdenken, nur schnell assoziieren."

„Gerne."

„Sehen Sie?! Das stört mich jetzt schon wieder. Dieses ‚Gerne'. Eben *nicht* gerne! Da liegt schon wieder Empathie drin. Drohen Sie mir jetzt nicht mit Engagement, das kann ich nicht gebrauchen. Was ich brauche, sind dumme, plumpe, bornierte Allerweltsassoziationen. Ich brauche das, was alle anderen auch als Erstes denken."

„Schön, auch das." Ich bin natürlich inzwischen vorsichtig geworden und taste mich nur noch langsam voran.

„Es geht um die Einweihung der neuen Frankfurter Altstadt."

„Gut."

„Ich warne Sie. Ich sehe es Ihnen an, Sie betrachten das als Herausforderung. Ich will aber von Ihnen nur das hören, was ich auch von jedem anderen zu hören bekäme. Ich brauche von Ihnen das, wofür ich früher jemanden sofort hochkant rausgeschmissen hätte."

„Na gut."

„Also, die neue Frankfurter Altstadt, Sie haben davon gelesen, gebautes Stadtmarketing, die begehbare, dreidimensionale Postkarte. Jetzt wird sie eingeweiht. Ein Event. Was fällt Ihnen dazu ein, ohne nachzudenken."

„Mittelalter, Gaukler, Kostüme, Einbeinige, Leierkasten, ‚Der König kommt!'-Rufe, Pferdekarren, eine Hinrichtung auf dem Scheiterhaufen, aber das wird wahrscheinlich zu teuer …"

Kurt schlägt mit der flachen Hand derart auf den Tisch, dass noch am Nachbartisch die Kaffeetasse ihr Gleichgewicht verliert. „Ich sagte, NICHT nachdenken!!"

„Sorry. Also weiter. Gestank, Tiere, frei laufende Tiere, geschlachtete Tiere, gebratene Tiere, Händler und Spieler, Betrüger und Diebe, Kinder, Huren, Affen, in einem Haus brennt der Dachstuhl …"

„Danke. So machen wir's. Zahlen, bitte!"

Also letztlich war es doch etwas Allgemeines. Die neue Frankfurter Altstadt. Das ist ja auch eine von diesen verdrehten Begrifflichkeiten, eigentlich müsste es ja heißen, die gealtete Neustadt, das wäre richtiger. Es gibt Fotos, von oben, vom Dom aus, im Vordergrund die neue Altstadt, im Hintergrund die Bankentürme, also recht eigentlich das alte Frankfurt, die eigentliche Frankfurter Altstadt. Die Bankentürme sind ja Jahrzehnte älter als diese neue Altstadt. Wahrscheinlich ein

Trend. Erst entstanden überall Freibäder, dann brauchte jedes Kaff eine Mehrzweckhalle, dann kamen die Fußgängerzonen, jetzt wahrscheinlich neue Altstädte.

Die Kellnerin kommt mit der Rechnung. Kurt hatte ja gerade um die Rechnung gebeten. Sie kommt leicht schwebend, fast schwingend auf unseren Tisch zu, und so sehr die Begegnung, also die mit Kurt, mit Erwartung, mit einer gewissen nebulösen Hoffnung meinerseits beladen war, so sehr ist jetzt das Erscheinen der Kellnerin eine Erlösung. Tatsächlich. Was mir übrigens dabei auffällt, ist jetzt nur eine Nebensächlichkeit, aber in meiner Lage fällt es mir irgendwie auf, das Bezahlen geht in einer einzigen, in sich geschlossenen Bewegung vonstatten. Schon im Herbeischweben greift die Kellnerin zu ihrem elektronischen Display, entnimmt im Herbeischweben eine sich selbst ausdruckende Quittung, in gerade angenehmer Hörweite haucht sie Kurt eine Zahl entgegen, der überreicht ihr eine Karte, die sie, im Vorbeischweben, über ihr Display zieht, zurückreicht, worauf sie sich bedankt und entschwindet, noch mehr schwebend, schwingend, fast wiegend. Früher, da kam der Kellner, oder die Kellnerin, an den Tisch, zückte den Block und rasselte die bestellten Speisen und Getränke herunter, während er sich, oder sie sich, sie in Form von Zahlen, also Preisen, auf dem Block notierte. Das brauchte seine Zeit. Dann zusammenzählen, kleine

Pause – Das macht …! So war das früher. Ich war oft beeindruckt von dem enormen Gedächtnis, der Präzision und Geschwindigkeit der Kellner, oder eben auch der Kellnerinnen, das war jeweils eine Artistennummer. Kellner, und auch Kellnerinnen, das waren Artisten. Insofern haben sich die Zeiten auch wieder nicht geändert. Auch unsere Kellnerin ist eine Artistin, ohne Zweifel, mit einer etwas moderneren Nummer vielleicht, aber zweifelsohne artistisch. So sehr sich die Zeiten auch ändern mögen, es ändert sich im Grunde nichts. Tatsächliche Artisten – und Charakterdarsteller, die Kellnerinnen und auch die Kellner. Habe ich mir oft gedacht. Kellner, und auch Kellnerinnen, das waren ja tatsächlich Bühnenberufe. Ich erinnere mich an einen Herrn Peter, ist jetzt schon viele Jahre her, weder ihn noch das Kaffeehaus gibt es heute noch, das Café Grillparzer. In Wien. Ein altes Kaffeehaus, wie gesagt, gibt es schon lange nicht mehr, da gab's den Herrn Peter. Für mich einer der Größten seines Fachs. Seit Jahrzehnten hier Kellner. Ein Meister. Eine Legende, kann man sagen. Ein alter Mann im vollkommen abgetragenen Smoking, rote Hosenträger über dem beeindruckenden Bauch, die Augen, flink unterwegs, blitzten aus tiefen, dunklen Höhlen, sein Gang war schleppend, aber immer, zu jeder Tages- oder Nachtzeit, ob Gäste da waren oder nicht, immer in der absolut gleichen

Geschwindigkeit. An seinem Tempo hatte er seit Jahrzehnten nichts geändert. Und so schleppend sein Gang und seine Bewegungen, so rasant, quasi einem Zaubertrick gleich, erstellte er die Rechnung. Das ging ruck, zuck! Block, Bleistift, Blick, ratsch, und schon lag ein Zettel mit völlig unleserlichen Strichkombinationen vor dir. Dazu nannte er eine Zahl. Ich habe niemals jemanden erlebt, der dieses Zauberstück, also den Preis, durchschaut hätte. Hat aber auch nie jemand infrage gestellt. Das hätte sich keiner getraut. Obwohl ich Beweise dafür habe, dass die Preise des Herrn Peter völlig willkürlich waren. Ich kann es beweisen. Ich habe es selbst erlebt. Mit zwei Freunden, also mit Zeugen. Wir haben im Café Grillparzer zusammengesessen, am gleichen Tisch, und hatten alle drei das Gleiche, ein kleines Gulasch und ein kleines Bier. Aus finanziellen Gründen mussten wir damals getrennt zahlen. Für jeden vollführte Herr Peter das gleiche Ritual, kam aber zu unterschiedlichen Ergebnissen, nannte also jeweils einen anderen Preis. Der Unterschied war gering, aber es waren unterschiedliche Preise für die absolut gleiche Bestellung. Der Herr Peter war ein Zauberer. Keiner von uns hat reklamiert oder auch nur daran gedacht, die Preisgestaltung des Herrn Peter infrage zu stellen. 34,70 Schilling (damals noch) für ein kleines Bier und ein kleines Gulasch für den einen, für den anderen 36,50

Schilling, ebenfalls für ein kleines Bier und ein kleines Gulasch, und für mich 35 Schilling „geradeaus“, wie Herr Peter zu sagen pflegte. Das war der Herr Peter!! Als das Kaffeehaus, also das Café Grillparzer, geschlossen wurde, da dachte ich zunächst, die haben aufgeben müssen, weil der Herr Peter gestorben war, aber ein paar Wochen später habe ich den Herrn Peter doch wieder angetroffen, in einem anderen Kaffeehaus, im Café Schopenhauer. Das war verblüffend. Herrn Peter in einem anderen Kaffeehaus als dem Café Grillparzer anzutreffen. Aber sein schleppender Gang, seine roten Hosenträger über dem unverändert beeindruckenden Bauch wie auch seine flinken Augen in den dunkel erschöpften Höhlen, nichts an ihm hat sich auch nur im Geringsten verändert. Nicht einmal seine Geschwindigkeit hat er geändert. Er passte nur nicht hierher. Er passte nicht ins Café Schopenhauer. Das war der falsche Ort. Für einen Charakter und Artisten wie Herrn Peter war das Schopenhauer nicht geeignet. Sie ist hübsch. Unsere Kellnerin, meine ich jetzt. Auch eine Artistin. Aber während man dem Herrn Peter noch vollkommen ausgeliefert war, also seiner Zeit ausgeliefert war, Herr Peter bestimmte nämlich, und nur Herr Peter, wann er erscheinen würde und wie lange er für sein Erscheinen bemessen hatte, da hatte man als Gast keinen Einfluss drauf, man musste jedenfalls schon üppig

Zeit mitbringen, das war Voraussetzung, ist man ihr nicht weniger ausgeliefert. Nur, dass sie einem nicht eine Sekunde des Verweilens gönnt. Sie schwebt ohne das geringste Verweilen an uns vorbei, hinterlässt, von der Rechnung einmal abgesehen, nur einen Hauch, und in dem Moment meldet sich mein Handy in meiner Tasche. Schon wieder irgend so eine App, die mich auffordert, den Ort hier zu bewerten. Gleich darauf ein Angebot für Kaffee in großen Mengen und Discountpreisen, dann „Geile Mütter allein zu Hause, ganz in deiner Nähe", „Andere Kaffeehäuser, die dich interessieren könnten" … Auch der Herr Peter war übrigens eine Legende. Legendär, wie der seine Gäste einzuschätzen wusste. An manchen Tagen erreichte er eine Trefferquote von nahezu neunzig Prozent. Das ist vorgekommen. Er hatte nämlich so ein kleines Spiel mit sich selbst. Wenn ein Gast, oder eine Gruppe von Gästen, das Café betrat, dann genügte ihm ein Blick, und er konnte genau sagen, wo die sich hinsetzen würden, was sie bestellen würden und wie sie zahlen wollten. Mit einem Blick konnte Herr Peter das geradezu sehen. Das Gewünschte war dann schon vorbereitet, noch bevor der Gast bestellt hatte. Heute weiß Google zwar auch, was man will, aber Herr Peter wusste es schon vor Google. Da hat es Google noch gar nicht gegeben, da wusste Herr Peter schon, wer was wie will. Es ist angenehmer, wenn man weiß, wer was weiß. Wenn an das Wissen eine Person gebunden ist, wenn man es sozusagen verorten kann. Kurt kannte das Grillparzer auch, auch den Herrn Peter. Aber soviel ich weiß, war er nicht sehr häufig im Grillparzer. Auf der Straße verabschiedet sich Kurt mit den Worten: „Sie hören von mir."

Noch so eine Merkwürdigkeit, die mich hat aufhorchen lassen. Klingt zwar ganz normal, gewissermaßen üblich. So was sagt man eben anlässlich der Verabschiedung nach so einem mehr oder weniger Arbeitstreffen. Es ist aber nicht normal. Es ist sogar ganz und gar nicht normal. Jedenfalls nicht für einen wie Kurt, eine Ikone. Auch in dieser Floskel war die Botschaft von Kurts Ende eingeschrieben. Schon wieder. Das erste Mal hätte man es vielleicht noch überhören oder ignorieren können, jetzt nicht mehr. Bei der FAZ war das mal, bei der Frankfurter Allgemeinen Zeitung. Das ist ja ein renommiertes Blatt, wie man sagt. Da hat es einmal einen gegeben, so geht jedenfalls die Legende, der hat es mit einem einzigen Satz bis zum Chefredakteur gebracht. Ich verkürze das jetzt ein bisschen. Wenn der einem Kollegen, oder einer Kollegin, begegnet ist, auf dem Gang, in der Kantine, nach einem Meeting, wo auch immer, kam es regelmäßig zu folgender Szene: Er schnarrte ein schneidig-smartes „Machen Sie's? Oder mach ich's? Sie machen das!", was das Gegenüber jeweils in eine sekundenkurze Schreckstarre versetzte, die er wiederum für ein triumphales „Ich hör von Ihnen!" nutzte. Damit hat der es bis zum Chefredakteur gebracht. Praktisch mit einem Satz. „Ich hör von Ihnen." Da war alles drin, was eine Karriere ausmacht, was ihn letztlich zum Chefredakteur befähigte. Kurt hingegen sagte: „Sie hören von mir." Er sagte nicht: „Ich hör von Ihnen." Er sagte: „Sie hören von mir." Kurt hat sich bereits aus dem Geschäft zurückgezogen. Es ist ihm wohl zu anders geworden. Kann man verstehen. Er hat ja auch alles erreicht, was sich in der Branche erreichen lässt. Kurt war nicht mehr zu einem „Ich hör von Ihnen" in der Lage. Er ist sozusagen in ein letztlich erschöpftes, ein den Kampf aufgegeben habendes „Sie hören von mir" verstummt.

Wenn ich es jetzt richtig verstanden habe, dann ist für mich im Moment nichts weiter zu tun. Er sagte ja, dass ich von ihm hören werde, er also nicht darauf wartet, von mir zu hören. Von daher nehme ich an, dass im Moment nichts für mich zu tun ist. Ich schaue Kurt noch eine Weile nach. Ich gebe zu, irritiert. Sagen wir lieber, nachdenklich. Eher hilflos, genauer gesagt, verlassen. Ja, verlassen, das kann man sagen. Denn da geht nicht nur Kurt, da geht ER. Da geht etwas! Etwas Grundsätzliches.

Sehen Sie sich ihn an. Schauen Sie ihm zu, wie er da hinten über die Straße geht. Schleicht, muss man sagen.

Man muss ja direkt befürchten, dass gleich ein Pfadfinder zwischen den parkenden Autos hervorspringt und ihm über die Straße helfen will. So schlurft der über die Straße. Sehen Sie ihn? Der dort hinten in dem grauen Mantel. Der Mann konnte früher über Wasser gehen. Meine Güte. Der hat Unmögliches möglich gemacht. Heute ist ihm alles Mögliche nur noch unmöglich. Da ist die Luft raus. „Le ressort est cassé“, würde er wahrscheinlich sagen. Das ist Französisch. Wörtlich übersetzt heißt das, die Feder ist gesprungen. Auch ein schönes Bild. Bei uns sagt man dazu, die Luft ist raus. Seit der Anekdote damals in Cannes hat er sehr gerne in französischen Redewendungen gesprochen. „Va te faire enculer!“ Zum Beispiel. Aber das übersetze ich jetzt nicht. Ist auch nur so ein Beispiel. Ordinär, aber elegant. Quasi unsagbar, aber es klingt gut. Französisch halt. Hat er manchmal benutzt. Dass in der Werbung grundsätzlich englisch gesprochen wird, das ist ja bekannt, alle reden sie englisch, französisch praktisch niemand, nur die Franzosen natürlich, englisch alle. Und wenn Kurt dann mit einem lakonisch beiseitegesprochenen „Va te faire enculer“ ein ärgerliches Meeting verließ, hielten es alle für elegant. Wenn kein Franzose im Raum war. Ich meine, so was kann auch schiefgehen. Ist meines Wissens aber nie schiefgegangen. Obwohl, man kann's nicht wissen. Manche Sachen gehen schief, ohne dass man mitbekommt, dass sie schiefgegangen sind. Ohne dass man überhaupt eine Ahnung davon hat, wie schief die gegangen sind. Solche Sachen gibt es. Ist inzwischen aber vollkommen egal, denn es ist still geworden um Kurt. Ziemlich still. Von Kurt spricht heute eigentlich keiner mehr.

Na ja, außer vielleicht in einer Behörde. Dort scheint er jetzt plötzlich ein ganz großes Thema zu sein. Ausgerechnet in einer Magistratsabteilung ist man jetzt auf Kurt aufmerksam geworden. Das ist kein schönes Ende. Wenn man mal ganz oben war und sich am Ende in der Aufmerksamkeit einer Behörde, einer Magistratsabteilung, sonnen muss, dann ist das kein schönes Ende. Da hinten quält er sich über die Straße, und in der Magistratsabteilung halten sie ganz große Stücke auf ihn. So weit ist es gekommen. Erst bauen sie sich eine neue „Altstadt" mitten in die Stadt, eine Fake-Altstadt, und dann hoffen sie, dass ein Kurt daraus ein großes, international beachtetes Ereignis machen würde. Mit einem Budget eines Kindergeburtstags. Jedenfalls, wenn man die Kosten für die Sicherheit und die persönlichen Wünsche des OB abzieht. Unmöglich, darin nicht ein Ende sehen zu müssen. Sein Ende, um genau zu sein. Ein Luftballonende. Voilà, ein Luftballonende. Der Begriff, also das Bild, stammt übrigens von ihm selbst. Ich hab's jetzt nur übersetzt. Er sagt zwar immer: „*Le ressort est cassé*“, weil er eben gerne französisch spricht, habe ich vorhin ja schon erklärt, aber sagen will er, dass die Luft raus ist. Diese Redewendung bezieht sich bekanntlich auf den Luftballon, aus dem, wenn er nur noch schlaff herumliegt, die Luft raus ist, dann ist seine Pracht dahin, oder eben, um im Französischen zu bleiben, sozusagen salopp gesprochen: *ballon dégonflé*. Seit damals, also seit der Begegnung, genauer gesagt, seit der Nichtbegegnung in Cannes beziehungsweise in Le Bar-sur-Loup, hat er es mit dem Französischen. Es ist natürlich nicht nötig, ihm auch noch sein eigenes Bild vor Augen zu halten. Was übrigens unvermeidlich geworden wäre, wäre es soeben zu einem Gespräch gekommen. Ist es aber nicht. Ein Gespräch konnte man das wirklich nicht nennen. Ich vermute, dass er ein Gespräch vermeiden wollte, weil es dann unweigerlich zu einem Thema geworden wäre, sein Ende. Wie auch immer. Man muss jedenfalls die Sache vom Ende her betrachten. Erst am Ende entscheidet sich, ob etwas gelungen ist und was das überhaupt war, was da jetzt zu Ende ist. Hat er selbst immer gesagt. Das ist eben das Dilemma, wenn man sozusagen mit heißer Luft arbeitet, was man ja ganz allgemein von Werbern so sagen darf. Dann endet es eben entweder verschrumpelt, unansehnlich, verwelkt, fast beleidigt liegt dann so ein erschlaffter Luftballon, aus dem die Luft raus ist, in der Ecke, oder es endet mit einem Knall. Aber da muss ich Kurt recht geben, wenn ein Luftballon, was von der Werbung, wie gesagt, ganz allgemein gesagt werden darf, nicht mit einem Knall endet, dann hat sich die ganze heiße Luft auch nicht gelohnt, die man zuvor so mühsam dazu aufgebracht hat, um den Ballon zum Glänzen zu bringen. „Erst der Knall macht den Effekt", so seine Worte.

Bei Kurt ist jetzt die Luft raus und das komplette Arsenal der von ihm ehemals so virtuos beherrschten Instrumente, seine Werkzeuge, alles völlig unbrauchbar, nur noch Schrott. Die meisten Werkzeuge kennt man heute ja nicht einmal mehr. Oder kennen Sie noch das Who-what-what? Kennt heute keiner mehr. War damals ein viel gebrauchtes und ausgesprochen sinnvolles Werkzeug. Das Who-what-what war gewissermaßen der Schlüssel zum Erfolg. Eine Art Dietrich, wenn Sie so wollen. Drei Fragen! Damit konnte man bis zum Markenkern vordringen, wenn man diese drei Fragen beherrschte. Aber das war damals sowieso noch eine allgemein bekannte Weisheit, dass es um die richtigen Fragen geht. Das Entscheidende ist, jedenfalls war es damals so, die richtigen Fragen zu stellen. Ein Marketingler stellt ja keine Fragen mehr. Der weiß immer schon alles. Einen Marketingler erkennt man an seinen Antworten. Den Werber erkennt man an seinen Fragen. Nur drei Fragen, das war das ganze Geheimnis. Who?

Mit *wem* reden wir? What? *Was* denken die Leute heute über uns? Und ein zweites What, was sollen sie in fünf Jahren über uns denken? Who-what-what. Mehr brauchte es nicht. Allerdings, man musste sich schon ein bisschen Mühe geben, die Fragen auch tatsächlich zu beantworten, im Sinne von *eine Antwort geben*, sie also präzise zu beantworten. Keine Floskeln, sondern genaue Antworten. Aber auf Floskeln zu verzichten, kann man von einem Marketingler nicht verlangen. Ein Walross kann auch nicht fliegen. Das ist die Situation.

So ist die Situation.

Die oben beschriebene Methode war natürlich nicht die einzige, die in der Branche bekannt und beliebt war, viele versuchten sich an eigenen Methoden oder Prinzipien. Manche griffen sogar in die ganz große Kiste und postulierten das „griechische Prinzip". Demnach muss eine Marke drei Bedingungen erfüllen: Ethos, Pathos und Logos. Auch sehr schön. Da hinten also der Gewesene, wie er sich aus dem Bild schleicht, wie er langsam die Szene verlässt, verblasst, verschwindet, um nicht zu sagen, entschwindet. Wahrscheinlich geht er jetzt zu seiner Renate, wo soll er auch sonst hingehen? Natürlich geht er jetzt zu seiner Renate. Nicht mit einem bestimmten Vorhaben, nicht mit Absichten, auch nicht aus Sehnsucht, einfach nur, weil er den Weg kennt. Mehr nicht. Dort räumt er dann die Spülmaschine ein.

Jetzt nur mal im Vergleich zu vorher. Der Alltag von Kurt hatte nämlich über Jahre, über Jahrzehnte, ganz anders ausgesehen. Um mal mit dem Vormittag zu beginnen, also dem Tag noch vor dem Mittagessen: Um acht Uhr Abnahme einer Ibuprofen-Anzeige, beispielsweise, dann Meeting mit den Musikern für den neuen Mazda-Spot, danach Vorschläge der Kollegen für den Stella-Artois-Pitch, das ist ein belgisches Bier, ein Bier-Etat ist immer beliebt bei den Werbern, danach kommen die Jungs von einer neuen Online-Versicherung, smarte Typen, danach Babynahrung, Bahnreisen, Uhrarmbänder, Haarshampoo … wie gesagt, das war nur der Vormittag. Also ein ruhiger Vormittag. Am Nachmittag dann Krisensitzung mit den Heads der Partneragenturen, international. Es ist ja immer was passiert. Zum Beispiel das Tabakwerbeverbot damals in den Neunzigern, da sitzen dann die Chefs aus neun oder zehn Ländern zusammen und meeten. Echte Krisenstimmung. Da ging es um die ganz großen Etats, Zigaretten waren neben den Automarken ja die größten Etats überhaupt, da ging es um was, um die Existenz sozusagen. Also um die der Agentur natürlich. In so einer Krisensitzung saßen dann mal gleich ein paar Hunderttausende am Tisch, Dollar meine ich, jetzt nur die Reisekosten, die Spesen und die Stundenlöhne der Anwesenden zusammengerechnet. Oder 2001, Nine-

Eleven, Sie erinnern sich. Wenn etwas passiert, ist ein Werber immer unmittelbar betroffen, verrückt. Kurts Agentur betreute die AXA-Versicherung, und die waren der Hauptversicherer des World Trade Center in New York. Da konnte man miterleben, wie schnell es gehen kann. Im Fernsehen war live der Einsturz des zweiten Turms zu sehen und am Telefon wurden alle Aktivitäten gestoppt. Kurt musste den Boten, der die Druckunterlagen für eine ganz dringende Broschüre mit Eilauftrag zur Druckerei bringen sollte, aus dem Meeting heraus wieder zurückbeordern. Draußen geht die Welt unter und drinnen überlegt man, was man draus machen kann. Als Werber sieht man die Welt ja nur aus der Perspektive des Werbers. Wer da nicht ganz tief drinsteckt, der hält sich selbst für verrückt. Spät in der Nacht dann noch ein Telefonat mit Fuchu, Japan, dort sitzt die Zentrale von Mazda, weil man für den Filmdreh übermorgen, also für den am Vormittag besprochenen neuen Mazda-Spot, noch ein europäisches Rücklicht brauchte. Die originalen japanischen Rücklichter des MX-5 sind ein bisschen anders als die für Europa zugelassenen, kaum merklich, aber eben anders. So etwa kann man sich seinen Alltag vorstellen, damals. Heute räumt er die Spülmaschine ein, zu Hause. Man hält die Wirklichkeit ja nur aus, wenn man bis über beide Ohren drinsteckt. Also sowohl diese als auch jene. Nur wenn man bis über beide Ohren drinsteckt, hält man das aus, wo man drinsteckt, sonst nicht. Schon der kleinste Abstand, der kleinste Überblick, und die Wirklichkeit wird unerträglich.

In so einem Werberleben kommt, wenn man es mal von außen betrachtet, ganz schön was an Wissen zusammen. Jetzt vielleicht nicht über den Weltuntergang, aber über Babynahrung, Haarshampoo, Mineralwasser und solche Sachen. Oberflächenwissen zwar, aber ungeheuer detailreich. Bei Kurt ist die Luft jetzt raus. All das Wissen, und er kann nichts mehr damit anfangen. Wertloses, unbrauchbares Wissen. In die neue Welt kann er nicht mehr so tief eintauchen, da ist anderes Wissen gefragt. Seine Welt, das waren noch die Details. Die Details im großen Ganzen. Also das Wissen, dass das große Ganze von den Details abhängt. Heute ist das große Ganze nur noch ein Detail. Kurt hat die Leute noch in den Wahnsinn getrieben mit seiner Detailbesessenheit. Ich kenne Illustratoren, Set-Designer, Fotografen, Regisseure, bei denen darf man den Namen Kurt nicht erwähnen. Die leiden noch immer an einer postkurtschen Belastungsstörung. Für einen einfachen Packshot für ein Mineralwasser, nur mal als Beispiel jetzt, sollte sich auf dem beschlagenen Glas der Mineralwasserflasche, wie von einer unsichtbaren Hand gezeichnet, eine Frauenfigur abbilden. Vier Linien, in denen musste sich alles drin abbilden, das Wasser, die Frische, die Schönheit, das Leben, die Vitalität, alles. Der Illustrator hat tagelang daran gesessen. Volle fünf Tage für ganze vier Striche! Mal war der eine Strich zu kräftig, dann wieder der andere zu verrutscht, dann dieser zu dünn, der andere jetzt zu deutlich. Und der hat dann nicht irgendwann, aus purer Verzweiflung, was auch damals schon verständlich gewesen wäre und heute der Normalfall ist, die einzelnen gelungenen Striche hergenommen und zusammenmontiert, das hat er nicht gewagt. Das hätte Kurt nie zugelassen. Der hat ganze fünf Tage damit gekämpft, alle vier Striche in einem Zug, alle zusammen richtig, hinzukriegen. Am Schluss konnte niemand mehr sehen, wo der Unterschied in den Strichen lag. Kurt schon. Der hat die Unterschiede immer noch gesehen. War dann ja auch ein Riesenerfolg. Die arbeiten heute noch mit diesen vier Strichen. Diese vier Striche sind von der Marke nicht mehr wegzudenken. Oder die Sache mit dem Bonbon. Ein Bonbon sollte, als krönender Abschluss eines Werbespots für ebendieses Bonbon, aus dem Papier herausspringen und so durch die Luft fliegen, dass es schließlich genau neben dem dazugehörigen Packshot landet. Das haben die 18 Stunden, in Worten: achtzehn Stunden!, gedreht. Noch auf Film, also richtige Filmrollen, nicht mit Video. Allein was das Material gekostet hat! Mal wurde das

Bonbon mit einem Lineal in die Luft geschnippt, mal an einem Faden gezogen, dann hat man eine Vorrichtung mit einem Gummizug konstruiert, am Ende wurde es, glaube ich, einfach vom Regisseur selbst in die Luft geworfen. Achtzehn Stunden! So lange würde heute keiner mehr bei der Sache bleiben. Ist auch nicht nötig, heute macht man so was in der Postproduction. Ein Stündchen vielleicht, und die Sache ist erledigt. So geht das heute. Kann man natürlich auch machen. Lässt sich aber nicht vergleichen. Anderes Beispiel. Irgendein Filmchen, ein Werbespot, spielt jetzt keine Rolle für was, spielt aber im Chicago der Dreißigerjahre, Mafiaklischee, die Werbung arbeitet ja gern mit Klischees, wegen der Geschwindigkeit, so ein Spot muss ja schnell, also unmittelbar, funktionieren, deshalb Klischees, Stereotypen, die alle sofort im Kopf haben, also wie gesagt, Mafia, Chicago, 1930er Jahre, bei dem Filmchen war die wichtigste Figur am Set nicht der Regisseur, nicht der Schauspieler, auch nicht Kurt und schon gar nicht der Typ von der Marketingabteilung der Marke. Der Wichtigste am Set war der Ausstatter. Ich weiß gar nicht, ob der jemals in der Liste der Credits aufgetaucht ist, aber der war der Wichtigste. Kurt hat eigentlich immer nur mit Leuten gearbeitet, die wussten, wer wirklich wichtig ist. Der Regisseur für dieses eben erwähnte Filmchen war so einer. Der war nie ohne seinen Ausstatter anzutreffen. Bei jeder Besprechung, bei jedem Termin, immer ist der mit seinem Ausstatter angekommen. Ohne seinen Ausstatter hat der keinen Job auch nur angesehen. Der Ausstatter war ein Verrückter, ein Beschaffungsgenie, der konnte alles auftreiben. Der konnte auch einen Erste-Weltkrieg-Panzer auftreiben, und wenn es sein musste, mit Originalschmutz von der vierten großen Schlacht in Flandern. Dafür war der in der ganzen Branche bekannt. Der hat alles beschafft. Wie gesagt, Mafia, Chicago, 1930er Jahre. Egal jetzt mal, warum. Jedenfalls spielte das Filmchen in einem Hotelzimmer, der Mafioso putzt seinen Revolver, so ähnlich. Wurde natürlich alles im Studio aufgebaut, damit der Ausstatter möglichst freie Hand zum Ausstatten hatte. Wenn man das Set betreten hat, dann war das wie ein Zeitsprung. Innen an der Türe des Hotelzimmers hing sogar ein Plakat, ein Originalplakat von einem Boxkampf aus dem Jahre 1932. Das Plakat hat man nie im Film gesehen. Das war nie im Bild. Aber es war ein Originalplakat: Jim Braddock gegen Baxter Calmes, 18. März 1932 im Chicago Stadium. Was für eine großartige Verschwendung! Es war völlig unnötig, aber entscheidend. Sich eine solche Mühe zu machen, wegen etwas, das man nie sieht, völlig unnötig. Jedenfalls würde man heute so denken. Damals war völlig klar, dass man sich die Mühe, gerade die unnötige Mühe, machen muss. Der Effekt war schlagend. Der Schauspieler betritt das Set, und als würde man einen Schalter umlegen, war der sofort in seiner Rolle. Beeindruckend. Der Regisseur brauchte nicht ein Wort zu sagen, der war sofort in seiner Rolle, das machte alles das Set, die Ausstattung. Eben weil es so vollkommen unnötig ausführlich war. Dadurch spielte sich die Szene quasi von selbst, und der Regisseur konnte sich darauf konzentrieren, dem Marketingleiter, der ja bei so einem Dreh ebenfalls herumstehen musste, dessen unerlässliche Notwendigkeit und Wichtigkeit zukommen zu lassen. Ohne dass der Film dadurch gefährdet worden wäre. Den Marketingleiter vom Set fernhalten, das ist das Handwerk. Das war der Trick von Kurt, dass er mit solchen Leuten gearbeitet hat. Deshalb waren Kurts Werbefilmchen kleine Meisterwerke. Man sieht es nicht, aber man spürt es. Das ist der Punkt. Erklären Sie das heute mal einem Marketingleiter. Der springt Ihnen an den Hals. Für den ist Spüren ein unnötiger Kostenfaktor. Gestrichen! In solchen Fällen kam von den jeweiligen Marketingleitern verlässlich der Satz: „Wir wollen hier nicht in Schönheit sterben." Ich weiß nicht, ob man den Satz heute noch zu hören bekommt. Ich kann mir vorstellen, dass das heute ja nicht einmal mehr eine Option ist. Also in Schönheit zu sterben, meine ich.

Im Grunde ein saublöder Satz. Aber der Satz war einmal allgegenwärtig. „Wir wollen hier nicht in Schönheit sterben." Das war eine Zeit lang gewissermaßen der Standardsatz der Marketingleiter, um Kosten zu sparen. Man hatte den Eindruck, dass nur eine einzige Qualifikation von Marketingleitern verlangt wurde: „Wir wollen hier nicht in Schönheit sterben" sagen zu können. Die wurden nachts aus dem Tiefschlaf gerissen, und wenn die nicht sofort und ohne nachzudenken „Wir wollen hier nicht in Schönheit sterben" hervorstießen, dann haben die den Job nicht bekommen. Der Satz war quasi allgegenwärtig. Wollte ein Art Director mit einem *guten* Fotografen fotografieren – „Wir wollen hier nicht in Schönheit sterben". Wollte man einen *guten* Illustrator für eine Anzeige – „Wir wollen hier nicht in Schönheit sterben". Oder wenn man einen *guten* Sprecher für einen Radiospot wollte – „Wir wollen hier ja nicht in Schönheit sterben, bitte schön". Das ist übrigens einer der entscheidenden Gründe, warum Kurt zu Kurt wurde. Er ist nie vor diesem Satz in die Knie gegangen. Halt! Stimmt nicht. Ein einziges Mal, jedenfalls ist mir kein weiteres Mal bekannt, hat er sich vor diesem Satz in den Staub geworfen. Es würde mich nicht wundern, wenn er da bereits sein Ende heraufdämmern sah. Die anderen werden noch nichts bemerkt haben, aber er dürfte schon gespürt haben, dass ihm langsam die Kraft ausgeht, um sich gegen die zunehmende Macht der Betriebswirtschaftler zur Wehr zu setzen. Es ging um Merci oder Mon Chéri oder so was in der Art, und aus Kostengründen, weil man ja schließlich nicht in Schönheit sterben wollte, hatte man auf einen Schauspieler verzichtet und stattdessen nur ein männliches Model engagiert. Der Schauspieler war zu teuer. Man brauchte ihn, besser gesagt, es, ja nur, damit es mit einem riesigen Blumenstrauß an einer Tür klingelt, um dann, wenn die Angebetete öffnet, *hinter* dem Blumenstrauß *nicht* erkennbar zu sein, also *nicht* im Bild zu erscheinen. Dafür wolltc man sich den Schauspieler sparen und engagierte stattdessen ein billigeres Model für die Rolle. Ein männliches Model! Ich kann Ihnen sagen, wer schon mal ein männliches Model vor der Kamera hatte, der weiß, dass das schiefgehen *musste*. Alles, was der zu tun hatte, war, einen Blumenstrauß vor sich herzutragen, an einer Tür zu klingeln und den Blumenstrauß zu überreichen, und zwar so, dass er hinter dem riesigen Blumenstrauß verschwand. Das war der Witz an der Sache. Man sollte immer nur den Blumenstrauß sehen können, nie den Typen dahinter. Sie werden es mir nicht glauben, aber man brauchte zwanzig oder dreißig Takes, wie man beim Film sagt, und am Ende gab es nicht eine einzige Aufnahme, nicht einen einzigen Take, wo der nicht in die Kamera gegrinst hätte.

Immer hat dieser Schönling in die Kamera gegrinst. Ein wahres Wunder, wie er das hingekriegt hat. Bei dem Dreh sind alle verzweifelt, die sind nicht *in* Schönheit gestorben, die sind *an* der Schönheit gestorben. Man hat den Dreh dann wiederholen müssen und hat natürlich einen professionellen Schauspieler engagiert. Es wäre wesentlich billiger gekommen, wenn man nicht so ungeheuer kostenintensiv gespart hätte.

Ansonsten hat sich Kurt, wie gesagt, meines Wissens, immer an seinen Satz gehalten: „Wenn es billig sein soll, dann ist es eben billig." Und zwar *nur* billig. Ein geringes Budget ist nie das Problem, daraus kann man tolle Sachen machen, aber wenn es billig sein soll, daraus kann man nur Billiges machen. *Billig*, das ist ein Virus. Wer davon einmal befallen ist, der erholt sich davon nicht mehr. Der taugt vielleicht noch zum Marketingleiter, mehr nicht. Deshalb hat Kurt immer mit den tatsächlich Guten gearbeitet, das war wie eine Impfung. Auch seine Mitarbeiter, sogar die Neulinge, besonders die Neulinge, hat er von Anfang an geradezu verdonnert dazu, mit den wirklich Guten zu arbeiten. Eine junge Texterin hat er einmal mit einem international renommierten Synchronsprecher, man kann sagen, mit der besten Stimme schlechthin, mit der Idealstimme für diese Sprache, ins Studio geschickt. Verheerend. Da saß die Arme dann im Studio mit der

Stimme ihrer Hollywoodstars. Davon hat sie sich nie wieder erholt. Sie hatte bloß ein paar nette Zeilen geschrieben, ihr erster Hörfunkspot, das erste Mal im Tonstudio, es sollte eigentlich nur ein Layout werden, für irgendeine Präsentation, es ging um Tee, glaube ich, und dann saß sie mit ihren Zeilen und dieser Stimme im Studio. Stunden später, als sie wieder rauskam, war ihr Leben auf den Kopf gestellt. Es war nicht mehr das Gleiche. Sie hat angefangen, Yoga zu machen, hat Dantes „Inferno" im Original gelesen, ihren langjährigen Freund verlassen, später ging sie dann nach Ibiza, aber egal, jetzt wusste sie wenigstens, wie es geht, das mit den Hörfunkspots, was eine Stimme kann, wenn sie was kann. Jetzt wusste sie, was so eine Stimme für ein erstaunliches Instrument ist, was man damit machen kann. Gut, Kurt war dann einigermaßen erstaunt, als er die Rechnung vom Tonstudio bekam, vier oder fünf Stunden für einen Layout-Spot für eine relativ kleine Präsentation mit dem teuersten, aber auch besten Sprecher, heute undenkbar. Ich finde, es lohnt sich allemal, in Schönheit zu sterben. Wie sonst?

V

Aber jetzt mal was ganz anderes. Hätten Sie eventuell heute Abend Zeit? Ich würde Sie gerne einladen. Wenn Sie Zeit haben. Sie können auch jemanden mitbringen, wenn Sie wollen. Eine Lesung. Also, meine Lesung. Ich habe nämlich ein Buch geschrieben. Das Buch hat den Titel „Die Legende unter den Ikonen". Schöner Titel, finde ich. Ist aber nicht von mir, ist die Headline von einer Anzeige für eine IWC-Uhr. Über die bin ich auf die Idee zu dem Buch gekommen, besser gesagt, ein Freund hat mich auf die Idee gebracht. Er hat mich auf die Anzeige von IWC aufmerksam gemacht, Sie kennen ja diese Schweizer Uhrenmarke aus Schaffhausen, IWC. IWC heißt übrigens International Watch Company, wissen viele nicht, das Unternehmen wurde 1868 von dem amerikanischen Uhrmacher und Ingenieur Florentine Ariosto Jones gegründet, wieder so ein überflüssiges Detailwissen. Seit der Jahrtausendwende gehört IWC aber zu Richemont. Passender Name, Richemont. Ist ein Schweizer Luxusgüterkonzern, da gehören auch noch andere

Uhrenmarken dazu, Cartier, A. Lange & Söhne, Baume & Mercier, Piaget, aber auch Dunhill, Montblanc und solche Labels, wie gesagt lauter unnötiges Detailwissen. Jedenfalls legt mir mein Freund diese Anzeige hin, groß abgebildete Uhr, nur die Uhr, sonst nichts, darüber die Headline „Die Legende unter den Ikonen", und er fragt mich, bitte, was haben die geraucht!? So bin ich auf die Idee gekommen, oder gebracht worden, um es genau zu sagen. Also, wenn sie heute Abend Zeit haben, ich würde mich freuen. Ist eine kleine Runde, Freunde, Bekannte, Familie wahrscheinlich, ein Ermutigungspublikum, würde ich sagen. Ist schließlich mein erstes Buch. Im Vereinssaal der Nassauischen Gesellschaft für Agrartechnik. Das war mal ein Kunde von mir, den Marketingleiter kenne ich noch von früher, der war mir noch was schuldig. Also? Wie gesagt, gerne. Ich will noch nicht so viel verraten, aber es kann ein netter Abend werden. Hoffe ich jedenfalls. Ich habe guten Wein besorgt, von einem Weingut aus der Toskana. Betreibt ein junger Winzer, der ursprünglich aus dem Burgenland kommt, war auch mal ein Kunde von mir, und sich in der Toskana niedergelassen hat. Das ist sehr selten, dass Winzer auswandern. Die sind doch meist mit ihren familiären Weinhängen verwurzelt. Egal, der Wein ist ausgezeichnet. International prämiert. Der Abend kann natürlich auch ganz anders verlaufen als geplant, das weiß man ja vorher nie, wie ein Abend verläuft. Es kann auch sein, dass niemand kommt. Oder nur Anwälte. In der Werbung ist man ja immer zur Geheimhaltung verpflichtet, und da kann es schon sein, dass da ehemalige Kollegen oder ehemalige Kunden ein Geschäft wittern. Das kann auch sein. Das wäre natürlich eine Mords-Marketing-Nummer für mein Buch. Wir werden's ja heute Abend sehen. Machen übrigens viele Werber jetzt, dass sie ein Buch schreiben, wenn sie keine Meetings mehr haben. Manche drehen einen Dokumentarfilm, andere pressen ihr eigenes Olivenöl, wieder andere machen Kunst und schweißen alte, rostige Teile auf andere alte, rostige Teile oder lernen ein Instrument, ich habe eben ein Buch geschrieben.

Also, wenn Sie Lust haben … Kurt kommt vielleicht auch. Ich habe ihn jedenfalls eingeladen, vorhin in dem Café. Ich könnte Sie einander vorstellen, wenn Sie wollen. Es ist allerdings sehr unwahrscheinlich. Ich kann mir nicht vorstellen, dass Kurt meiner Einladung folgen wird. Ich habe ihn überhaupt schon länger nicht mehr auf Veranstaltungen gesehen, bei denen er damit rechnen muss, auf Leute aus der Branche zu treffen. Als *ballon dégonflé*, als luftloser Luftballon, lässt man sich nicht mehr so gern unter all diesen aufgeblasenen Ballons blicken. Das muss man verstehen. Wenn die eigene Zeit abgelaufen ist, will man nicht ständig von

Leuten umtanzt werden, deren Zeit erst beginnt. Die Zeit. Das ist eine teuflische Sache. Kurt hat Werbung einmal als die Vermessung der Zeit, Zeit im Sinne von Jetzt, bezeichnet. Als Vermessung von Alltagsempfindung. Das Gleiche kann man beispielsweise auch von der Architektur sagen. Und von den Autos. Von denen ganz besonders. Schauen Sie sich mal um. Hier, mitten auf der Straße, das ist unsere Zeit, was da rumfährt. Schauen Sie sich das mal genau an. So. Und jetzt machen wir ein kleines Experiment. Nur spaßeshalber. Schließen Sie jetzt für einen Moment mal Ihre Augen, nur so zum Spaß. Schließen Sie die Augen! So, und nun stellen Sie sich vor: sechziger Jahre. Aus Filmen kennt man die Autos von damals noch. Sehen Sie's? Was da auf den Straßen gefahren ist, das Straßenbild von damals, haben Sie's? Da kommen einem Bilder von Audrey Hepburn, Cary Grant, Grace Kelly, Marcello Mastroianni … in den Sinn. Stilikonen. Bilder, die das Lebensgefühl geprägt haben. Und jetzt machen Sie die Augen wieder auf. Und was sehen Sie heute? Na? Schauen Sie sich um. Das sind keine Autos, das ist Kriegsgerät, was da rumfährt. Das Lebensgefühl von heute. Aus diesen Monstern steigt kein verführerisches Frauenbein im eleganten Kostüm, aus den Dingern wird geschossen. Was da heute als Autos auf die Straßen gestellt wird, das ist Ausrüstung für Krisengebiete. Da denkt keiner mehr an Gina oder Sophia oder Catherine, da denkt man an russische Zuhälter, an arabische Familienclans. Solche Assoziationen kommen einem ja nicht freiwillig, die sind in diese Autos richtiggehend hineindesignt. Das ist ja nicht meine Schuld, dass man nicht einmal mehr an die italienische Mafia denkt angesichts solcher Autos, sondern an die Türkenmafia, an den Balkan, an so was denkt man da. Schon die Bezeichnungen: X8, GLE, Q7, XC90. Kriegsmaterial. Material für den Alltagskrieg, Hasspostings auf Rädern. Spam.

Wenn das Straßenbild sich ändert, dann ändert sich alles. Man muss die Straße lesen können, wenn man die Zeit verstehen will. Also in dem Sinne hat Kurt das gemeint, wenn er von Zeit-Vermessen sprach. Das Heute verstehen. Das frage ich mich übrigens in letzter Zeit häufiger, wann das Heute eigentlich angefangen hat. Das frage ich mich. Wann hat das angefangen mit dieser hysterisch aufgeregten Langeweile? Wann hat es angefangen, dass nichts passiert und man jede Sekunde dabei sein will. Und überhaupt, wann hat das eigentlich angefangen mit dieser *gefühlten Temperatur*? *Gefühlte Temperatur*!! Die *gefühlte* Temperatur, die definiert das Heute aus meiner Sicht am allertreffendsten. So muss man das Heute verstehen. Gefühlt. Vor unserem Heute gab es eine gemessene Temperatur, also eine exakte Temperatur, das Primat der exakten Wissenschaft, wenn man so will. Dann kam die *gefühlte* Temperatur, das Primat des *Gefühlten.* Nur um das in Erinnerung zu rufen, die Realität war einmal das, was außerhalb von uns sozusagen tatsächlich existiert, und die Wirklichkeit war demgegenüber das, was wir in unserem Kopf dann aus der Realität machen. So was kann auch mal zu Schwierigkeiten führen, zu Konflikten zwischen Realität und Wirklichkeit. Das Heute ist mehr ein Zustand der Gefühltheit, da kommt es zu keinen Konflikten mehr, weil das Gefühlte natürlich immer recht hat. Schließlich wird's ja gerade gefühlt. Die gefühlte Temperatur, als ich das zum ersten Mal gehört habe, da dachte ich, das ist ein Witz, da will mich wer auf die Schippe nehmen. Aber wahrscheinlich hat nur irgendein Marketingspezialist eine Idee gehabt: „Hey, Leute, lasst uns beim Wetter noch irgendwas *Geiles* anbieten, damit unsere Wettershow noch *geiler* wird, irgendwas *Cooles …*" So wird's gewesen sein.

Das Heute ist ein gnadenloser Ort, das muss man sagen. Man ist dermaßen umstellt von wild Gefühltem und gefährlich angespitzten Empfindlichkeiten, dass man sich selbst nicht mehr über den Weg traut. Es ist ja inzwischen so weit gekommen, dass sogar die Marketingler reihenweise Achtsamkeitsseminare absolvieren. Bitte schön, Marketingler und Achtsamkeit. Die machen vor nichts halt. Aber das Gestern auch. Das ist auch kein angenehmer Ort. Mal ganz abgesehen davon, dass das Gestern sowieso unerreichbar ist. Ein Sehnsuchtsort vielleicht, aber unerreichbar. Aber so was stört das Marketing natürlich nicht im Geringsten, auch das Gestern hat das Marketing fest in seinem Würgegriff. Nehmen Sie nur mal die Frankfurter neue Altstadt. Da kann man sehen, was das Marketing aus dem Gestern macht. Vor dem Krieg haben hier in engen, dunklen Gassen bei miserablen hygienischen Bedingungen, was weiß ich, vielleicht tausend oder dreitausend Menschen gehaust, das wird jetzt als Idyll verkauft, und heute gibt es hier genau achtzig Premiumwohnungen, die als Wiederbelebung der Innenstadt verkauft werden. Soviel zum Grauen des Gestern und der Brutalität des Heute. Ich habe keine Ahnung, warum Kurt sich das antut. Wegen Renate, hat er gesagt. Also *auch* wegen Renate. Die neue Altstadt wurde ja jahrelang in der Öffentlichkeit breit diskutiert, wahrscheinlich haben auch Kurt und Renate die Sache diskutiert. Ich weiß natürlich nicht, wie Renate und Kurt das diskutiert haben, aber in der Öffentlichkeit gab es, wie üblicherweise, zwei grundsätzlich unversöhnliche Positionen in der Debatte, und dann gab es noch einen tatsächlichen Ablauf. Und selbstverständlich hatte der tatsächliche Ablauf letztlich mit den beiden unversöhnlichen Positionen keinerlei Berührungspunkte. Nach meiner Beobachtung ist das üblicherweise so. In

Frankfurt gab es auf der einen Seite jene, die das Heute Richtung gestern überwinden wollten, und die anderen ihrerseits eben genau dieses Geschichtsverständnis. Das waren die beiden unversöhnlichen Positionen. Verkürzt jetzt, aber im Kern zutreffend. Der Ablauf selbst war viel einfacher, profan. Tatsächlich saß man nämlich drinnen im Magistrat zusammen und wollte irgendwas fürs Stadtmarketing. Das war alles. Mehr nicht. Ich schwöre es Ihnen. Machen jetzt alle, haben die sich gesagt, wollen wir auch. So wie in Hamburg, so was brauchen wir auch, so was wie die Elbphilharmonie. So ist das gelaufen. Deshalb hat man jetzt eine neue Altstadt für irgendwas um die zweihundert Millionen Euro, lassen Sie es am Ende dreihundert Millionen Euro gewesen sein, egal, hat Hamburg immer noch das Dreifache für seine Elbphilharmonie ausgegeben. Das sind die Verhältnisse. Oder nehmen Sie Stuttgart. Die geben für ihr Stuttgart 21 viereinhalb oder fünf oder acht oder elf Milliarden Euro aus, nein, Sie haben sich nicht verhört! Elf Milliarden, aber so genau weiß das keiner, und das Beste ist, man sieht nichts davon, alles unter der Erde. Vergraben. Als würden sich die geizigen Schwaben dafür genieren. Die Hamburger hingegen, weithin sichtbar. Großartig. Ein Wahrzeichen. Und in Frankfurt hat man sich eben ein modern-mittelalterliches Minimundus im Maßstab 1:1 hingebaut. Jetzt liegt die neue Altstadt der eigentlichen Altstadt von Frankfurt, den Bankentürmen nämlich, zu Füßen. Da gehen jetzt die Besucher durch die nagelneue „Altstadt“ und freuen sich, dass Frankfurt endlich wieder was „Altes“ hat. Sie müssen sich das mal vorstellen. In das Zentrum der Marktwirtschaft, also mitten in unsere Realität hinein, bauen die sich eine Insel des seligen Gestern. Natürlich ein Gestern, das es so nie gegeben hat, das ist klar. Mehr ein Gestern, wie es hätte gewesen sein sollen, bevor es zu dem wurde, was die, die rundherum in ihren Türmen sitzen, draus gemacht haben. So kann man sagen. Im Schatten der Türme der Realität eine kleine Insel der Banalität. Das ist Kabarettismus in Reinform.

Aber damit muss ich mich eigentlich nicht weiter beschäftigen, Kurt hat ja eben noch deutlich gesagt, ich würde von ihm hören, er wartet also nicht, bis er von mir hört. Ich muss mich mit dem Thema also eigentlich gar nicht mehr beschäftigen. Andererseits weiß ich natürlich, was zu tun ist. Besser gesagt, ich wüsste, was zu tun wäre. Jetzt mal vom Standpunkt der Werbung aus gesehen. Man müsste die neue Altstadt als modern verkaufen. Die Elbphilharmonie ist ja, wie gesagt, vom Standpunkt der Werbung aus betrachtet, mehr was Klassisches, fast ein barockes Konzept. Imposant, teuer, elitär, prägnant, genau wie die alten großen Opern- und Gotteshäuser. Die neue Altstadt hingegen ist modern.

Die Frankfurter neue Altstadt ist in gewisser Hinsicht die Weiterentwicklung der Digitalisierung. Wie gesagt, ich denke jetzt mal als Werber, als Werber gedacht, hat man sich mit der neuen Altstadt quasi eine Computersimulation in die Realität hineingebaut. Die Digitalisierung konsequent bis ins Analoge hinein weitergedacht. Das ist das Verrückte daran. Aber das kann man verkaufen. Der Besucher wird gewissermaßen direkt in ein Computerspiel hineingebeamt. *Gamification* nennt man das übrigens, ganz neuer Trend, macht sich jetzt überall breit. Und Frankfurt ist mal wieder ganz vorne mit dabei. Ich nehme an, das wissen die Leute in der Magistratsabteilung wahrscheinlich selber nicht. Jedenfalls wagt Frankfurt mit seinem Konzept den Sprung aus der digitalen Welt in die analoge. So muss man das sehen. Als Werber jetzt. Eine begehbare dreidimensionale Selfiestation.

Aber ich vermute, da kann Kurt jetzt nicht mehr mit. Kurts Zeit ist jedenfalls vorbei. Ihm fehlen die Möglichkeiten, die heutige Alltagsempfindung, die heutige Zeit zu vermessen. Er hat keine Sprache mehr dafür, deshalb kann er auch nicht mehr mitreden. Das ist ja normal, alle treten irgendwann einmal ab. Aber ich fürchte, er gehört zu den Letzten, bei denen man es noch bemerkt. Ich erinnere mich noch, wie Kurt früher gearbeitet hat. Da gab's schon mal ganz großes Kino.

Eine Präsentation zum Beispiel, ganz großer Kunde, ein Chemieriese, wichtige Sache, seine Kreativabteilung hatte zwar hübsche und gefällige, aber nicht wirklich beeindruckende Sachen gemacht, gekonnte Routine, mehr nicht, nicht die Kragenweite, mit der Kurt für gewöhnlich in eine Präsentation gegangen ist. Nun gab es zwei Möglichkeiten. Entweder man sagt den Termin ab, bittet um etwas mehr Zeit, oder man geht mit den etwas gewöhnlichen Pappen, damals hat man noch auf Pappen präsentiert, in die Präsentation. Das waren die zwei Möglichkeiten. Kurt wählte eine dritte. Er sagte den Termin nicht ab, präsentierte aber auch nicht die erarbeiteten Pappen und Tabellen. Stattdessen holte er während der Präsentation eine Polaroidkamera aus der Tasche und bat die versammelten Vorstände auf den Balkon des hochherrschaftlichen Konferenzraumes dieses Chemieriesen. Dort drückte er einem der Anwesenden die Kamera in die Hand und bat ihn, ein Foto zu machen. Irgendein Motiv, einfach so. Von dem Balkon aus hatte man einen guten Blick auf eine wichtige Verkehrsader der Stadt und auf die Stadt selbst. Dann kam der schwierigste Teil. Sieben oder acht Vorstände eines weltweit agierenden Chemiekonzerns standen um ein kleines, anfangs noch schwarzes, sich langsam, sehr langsam, sich unendlich langsam veränderndes Quadrat herum und fragten sich, was das wohl werden sollte.

Das waren die längsten drei Minuten seines Lebens, erzählte Kurt später oft. Als sich endlich das Bild entwickelt hatte, gab er jedem einen Kugelschreiber in die Hand, mit dem sollten alle auf dem Foto markieren, wo, in welchen Gegenständen sich die Chemie des hier versammelten großen Chemiekonzerns finden würde. Alle markierten wild auf dem Foto herum, entdeckten überall *ihren* Konzern, ihr Unternehmen. Anschließend hielt Kurt das zugekritzelte Polaroidfoto in die Höhe und sagte: Das ist Ihre neue Kampagne. Die Kampagne ist dann jahrelang gelaufen. Erst als der letzte Beteiligte aus der Runde das Unternehmen verlassen hatte, wurde auch die Kampagne fallengelassen. Danach gab es dann eine Marketingabteilung, und die hat beschlossen, den Menschen in den Mittelpunkt der Kommunikation zu rücken, also hieß es ab dann irgendwas mit „für die Menschen" oder „im Mittelpunkt der Mensch", irgendwas in der Art. Aber lassen wir das. Das sind Sentimentalitäten. Und jetzt nehmen Sie mal die Marketingler von heute, auf was wollen die eines Tages zurückschauen? Da kommen natürlich keine Sentimentalitäten mehr auf, wenn die eines Tages zurückschauen. Deshalb hassen die auch Sentimentalität. Halten das für unprofessionell. Weil die heute schon wissen, dass sie nie sentimental auf irgendwas zurückschauen können. Die werden nie einen Grund haben für Sentimentalität. Tausende Selfies gemacht, und es ist keine Erinnerung geblieben, Millionen SMS geschrieben und kein Gespräch zustande gebracht, überall gewesen und nichts gesehen. Das Ende, das ist ja überhaupt der entscheidende Blickwinkel. Legendär Kurts Frage, mit der er einmal ein Briefing bei einem Kunden beendet hatte. Es war im Grunde nur eine Frage, aber es war vor allem ein Ende. Jedenfalls das Ende einer Geschäftsbeziehung. So selten ist das ja nicht, dass eine Frage etwas beendet. Weil eine Frage eben etwas infrage stellt. So meine ich. Aber *diese* Frage, diese eine Zeit lang sogar berühmt gewordene und dann nur noch als „Kurt-Frage" bezeichnete Frage, war grundlegend final – und später dann gefürchtet. Wegen der Unmöglichkeit einer Antwort. Ich glaube, er selbst hat diese Frage überhaupt nur ein einziges Mal gestellt, soviel ich weiß. Aber sie ist dann berühmt geworden. „Und *was* …", fragte er plötzlich zum Abschluss eines Briefing-Gesprächs, „… *was* wollen Sie, dass man über Ihre Marke denkt, wenn Sie nicht mehr sind?" Da hat dann der Marketingleiter seine Marketingleiterin angeschaut, die hat ihren Assistenten angeschaut, der hat seine Assistentin angeschaut, und alle haben die Praktikantin angeschaut. Es hat eine Weile gedauert, bis man sich wieder einigermaßen gefangen hatte. Das kennt man in der Geschäftswelt nicht, eine Frage, auf die es keine Antwort gibt. Es ist quasi unmöglich für solche Erfolgsmenschen, die Frage nach dem *Nach-ihrer-Zeit* zu beantworten. Also wurde die Frage als Zumutung, als Frechheit, als Unverschämtheit zurückgewiesen. Dabei war es im Grunde nur eine interessante Frage, daher auch die schroffe und endgültige Zurückweisung. Andere haben dann später ebenfalls versucht, mit der Kurt-Frage zu punkten. Vergeblich, wie sich denken lässt.

Also, wenn Sie wollen, heute Abend? Wissen Sie übrigens, woran man das Niveau einer Kultur erkennen kann? An ihren Witzen. Also am Niveau ihrer Witze. Ich kenne nur einen einzigen Werberwitz. Das sagt im Grunde schon alles. Will ein Mann seine neue Freundin seiner Mutter vorstellen. An der Tür sagt er zu ihr, Liebling, sei so gut, sag meiner Mutter nicht, dass ich Texter in einer Werbeagentur bin, sie glaubt immer noch, ich wäre Pianist in einer Stripteasebar. Das ist der einzige Werbewitz, den ich kenne, und der stammt, meines Wissens, aus den sechziger Jahren oder sogar von noch früher. Das Niveau dürfen Sie selbst beurteilen.

Wie gesagt, wenn Sie wollen … Keine Angst, ich werde natürlich die Erwartungen erfüllen und auch anzügliche Anekdoten liefern. Schon weil man das Buch ja auch bewerben muss, da braucht es entsprechende Stellen. Zum Beispiel wenn die ganze Agentur auf Mallorca im Pool landet. Die Szene ist super für das Marketing des Buches. Betriebsausflug nach Mallorca, da war Mallorca natürlich noch nicht das Mallorca von heute, ist ja klar, früher war ja alles noch nicht das von heute, das Hotel hatte einen eigenen Pool, galt aber noch als restauthentisch, gewissermaßen. An einem Abend sind dann alle, also die ganze Agentur, manche mit, andere mit wenig Kleidern, einige auch ohne Kleidung, jedenfalls ist die gesamte Agentur plötzlich im Pool gelandet. Solche Sachen werde ich natürlich auch vorlesen. Ist nichts Besonderes. So was kann man quasi immer erzählen, egal ob vom Jahrestreffen von Außendienstmitarbeitern oder vom Klassenausflug der 13 b oder von einem streng katholischen Orden, natürlich!, sogar von Gewerkschaften gibt es solche Geschichten. So was kommt häufiger mal vor. Dass die Werbebranche da einem gewissen Klischee huldigt, das Klischee geradezu liebevoll pflegt, liegt meiner Ansicht nach daran, dass Werbung im Alltag nur noch Marketing ist und es daher zu Erlebnissen in dem Sinne eigentlich gar nicht mehr kommt. Das Erlebnis Marketing beschränkt sich im Grunde auf den immer gleichen Ablauf: Ein Marketingleiter hat auf drei engbeschriebenen Seiten alles aufgelistet, was er in seinem Zwanzig-Sekunden-Spot oder auf einem Internet-Banner prominent herausgehoben haben will: Nachhaltigkeit, Achtsamkeit, im Mittelpunkt der Mensch, partnerschaftlich, authentisch, ökologisch, verlässlich, zukunftsorientiert, vertrauensvoll, effizient und effektiv, ressourcenschonend, witzig-modern, aber seriös und ein bisschen provozierend, glaubwürdig, innovativ, konsequent und natürlich immer wieder nachhaltig … Noch mit der Liste in der Hand fragt man dann höflich nach den Prioritäten, und dann heißt es: Alles ist oberste Priorität! Wie man das denn in zwanzig Sekunden oder auf einem Banner unterbringen soll? Sie sind doch der Kreative! Das ist es im Grunde. Eine ziemlich vollständige Skizze der Werbebranche, seitdem es nur noch Marketing ist.

Ist doch kein Wunder, dass man dabei sentimental wird. Sehen Sie da vorne das große Mercedes-Plakat. Kurt hat auch mal Mercedes betreut. Ist schon länger her. Einmal, legendär, die neue S-Klasse, muss in den Neunzigern gewesen sein, Vierundzwanzig-Bogen-Plakate, also so eine Großfläche wie da vorn. Für solche Großflächenplakate gibt es eine unumstößliche Regel: Wenig Text! Sehr wenig Text!! Ist eine vernünftige Regel, schließlich muss so ein Plakat vom Auto aus, also im Vorbeifahren, wenn die Konzentration auf etwas anderes gerichtet ist, verstanden werden. Diese Regel ist ebenso unumstößlich wie vernünftig. Was macht Kurt? Passen Sie auf. Neue S-Klasse, der neue große Mercedes, das Flaggschiff der Marke, ach was, das Flaggschiff der gesamten automobilen Welt, viele neue Innovationen, alles neu, alles noch besser, von allem noch mehr. Also schreibt Kurt das gesamte Plakat voll mit den neuen, sensationellen, innovativen Features. Alles voller Text, 30 Punkt große Schrift, vom Auto aus, im Vorbeifahren, unmöglich, auch nur einen Satz zu lesen, unmöglich. Das war Kurt. Ein Großflächenplakat als Typoanzeige. Keine Abbildung vom Auto, keine Emotionen, nur Informationen, unten rechts der Mercedesstern. Übrigens, auch das gehört sich nicht. Auf einem Plakat gehört das Logo nicht in die untere Ecke, man nennt es auch die Pinkelecke, bei einem Plakat gehört das Logo gut sichtbar in die obere Ecke. Ein unmögliches Plakat, Kurt hat's gemacht. In der dazugehörigen Anzeige, also dort, wo man eigentlich genug Zeit hat, eine Anzeige auch zu lesen, da hat er es umgekehrt gemacht. Da war nur das Foto der neuen S-Klasse zu sehen und darunter die knappe Zeile: „Mehr erfahren Sie bei Ihrem Mercedes-Händler." Mehr nicht. Die Regeln also nicht nur missachtet, sondern gleich komplett auf den Kopf gestellt. Der Effekt war natürlich, bei der Anzeige wie beim Plakat, der erwünschte. Jeder dachte sich nur: Oh Mann, die haben wirklich enorm viel Neues.

Vielleicht sehen wir uns ja heute Abend.

VI

Und dann ist Folgendes passiert. Kurt war natürlich nicht da an dem Abend, ich hatte ihn zwar eingeladen, aber er ist nicht gekommen. Weil er, was er mir nicht gesagt hatte, das habe ich erst später erfahren, bei einem Vortrag von seiner Renate war. Renate hatte nämlich, an ebendiesem Abend, einen Vortrag gehalten, sie hat ja häufiger Vorträge zu halten, gerade in letzter Zeit ist sie sehr gefragt, ihr Thema ist gleich zu mehreren aktuellen Fragestellungen von großem Interesse, und diesmal hat auch Kurt ihren Vortrag besucht. Das ist noch nicht besonders häufig vorgekommen, dass Kurt einen Vortrag von Renate besucht hat, genau genommen, ist es noch nie vorgekommen. Er hat sie vielleicht mal von so einer Veranstaltung abgeholt oder sie hingebracht, aber meines Wissens war er noch nie anwesend. Es war das erste Mal. Was in dem Sinne ja auch was Besonderes ist, dass man als langjähriges Paar noch einmal ein erstes Mal hat. Und ganz ähnlich wie wohl auch bei ihrem tatsächlich ersten Mal war Renate souverän, Kurt hingegen nervös. Der Vortrag war angekündigt unter dem Titel „Die Regeneration der Ctenophoren". Kurt hätte vermutlich einen anderen, einen sprechenderen Titel gewählt, wahrscheinlich etwas mit „Das ewige Leben" oder so. Aber Renate hatte ihn nicht darum gebeten, einen Titel für ihren Vortrag zu formulieren. Werbung oder Marketing, auch in eigener Sache, war ihr fremd. Werbung beschränkte sich für Renate darauf, dass sie auf Anzeigen oder auf Spots, diese kleinen Filmchen vor den Nachrichten, reinzufallen beliebte, jedenfalls wenn es sich um Hautcremes handelte. Trotz ihrer fachlichen Kenntnisse. Der Vortrag, wie gesagt, beleuchtete ihre Forschungsergebnisse bezüglich der besonderen Fähigkeit der Rippenquallen, der Ctenophoren, einzelne Körperteile nach dem Verlust wieder zu ersetzen. Kennt man in sehr eingeschränktem Maße auch von ein paar Reptilien. Die Rippenqualle aber ist sogar in der Lage, wenn man sie in der Mitte durchschneidet, die verlustig gegangene Körperhälfte komplett wiederherzustellen. Und offensichtlich können die Ctenophoren den Prozess sogar aktiv beeinflussen, sie können, und das war der zentrale Punkt in Renates Vortrag, von einfacher Wundheilung auf Regeneration umstellen. Die Ctenophoren, oder auch Rippenquallen, sind in dieser Hinsicht auch deshalb so interessant, wie Renate in ihrem Vortrag ausführlich darlegte, weil sie erstens keine „reinen" Quallen sind und zweitens an einer evolutionär interessanten Entwicklungsstufe stehen. Für die Medizin ergeben sich aus diesen Erkenntnissen natürlich weitreichende Rückschlüsse, und so mancher Mediziner wird bereits vom nun endlich greifbaren ewigen Leben geträumt haben, wenn man Renates Kenntnisse in konkrete Maßnahmen für die menschlichen Zellen übersetzen kann. Ein Detail am Rande, der Vortrag war für ein breiteres Publikum geöffnet worden, man wollte wahrscheinlich irgendwie raus aus dem Elfenbeinturm, hin zum Menschen, deshalb konnte Kurt sich auch so einfach unters Publikum mischen. Ein Nebeneffekt dieser Öffnung war allerdings, dass die eigentlichen Erkenntnisse dem Publikum nicht wirklich zugänglich waren, versteht sich irgendwie, sodass die eine Hälfte nur wissen wollte, ob man, bezogen auf den letzten Sommer, von einer Quallenplage im Mittelmeer sprechen könne und ob man damit im kommenden Sommer wieder rechnen müsse. Die andere Hälfte, sozusagen die kritischeren Köpfe im Publikum, wollte wissen, ob das schon die Klimakatastrophe wäre. Renate versuchte noch einmal kurz auf die wissenschaftliche Ebene zurückzukehren, indem sie darauf hinwies, dass *Klimakatastrophe* kein wissenschaftlicher Begriff sei, sie daher lieber von Klimawandel spreche und außerdem ihr Thema ein ganz anderes gewesen sei. Es blieb bei dem Versuch. Jetzt warf ihr der eine Teil des Saals, also jener mit den kritischeren Köpfen, Verharmlosung vor, und der andere Teil wollte immer noch wissen, in welchen Urlaubsparadiesen man am ehesten mit einer Quallenplage rechnen müsse und wie gefährlich das alles für die Kinder sei.

Bei diesem Vortrag lernte Kurt *seine* Renate noch einmal von einer ganz neuen Seite her kennen. Wie ein Fels in der Brandung hat sie da vorne gestanden und die Position der Wissenschaft vertreten, alle Versuche, aus ihrer Forschung eine Boulevardzeitungsheadline zu generieren, prallten an ihrer ebenso liebevollen wie unerschütterlichen Art ab. Sie ließ nicht zu, dass ihre Wissenschaft für wilde Spekulationen und moralische Klimmzüge herhalten sollte. Beeindruckend. Nach dem Vortrag, den Kurt mit „Das ewige Leben" überschrieben hätte, war Kurt in Gedanken. Renate hingegen war umringt von Fragenden und von Kollegen. Also schickte Kurt ihr eine kurze SMS mit einem Kompliment für ihren Vortrag, und dass man sich dann später zu Hause sehen würde, sie solle sich Zeit lassen … und ging in die Nacht hinaus. Das ewige Leben! So ein Gedanke führt quasi zwingend zur Frage nach dem Sinn desselben. Was zu einer ganz schönen Herausforderung für einen Werber werden kann, eine solche Frage. Da hat dann selbst eine Ikone, eine Legende recht wenig zu bieten. Während Renate gewissermaßen ihr ganzes Leben nichts anderes getan hat, als immerzu in ein Mikroskop hineinzuschauen, dabei die Rätsel des Lebens zu entschlüsseln, hat er sich all die Jahre mit nichts weniger als mit allem und jedem beschäftigt und doch nichts vorzuweisen. Die Qualle hat zwar kein Hirn, hält dafür aber möglicherweise den Schlüssel zu einem der ganz großen Rätsel in ihren Tentakeln, er hingegen hat sich stets so viel auf sein Hirn eingebildet und hat nichts in der Hand.

Gedankenverloren ging Kurt in die nächstbeste Kneipe, was im Nachhinein vielleicht kein guter Gedanke gewesen sein mag, aber das kann man ja vorher nie so genau wissen, obwohl der erste Whiskey ihm noch gutgetan hat, den zweiten hat er dann dringend gebraucht, der dritte war nicht genug, der vierte nicht wirklich ausreichend, der fünfte war schon eine Einladung, der sechste die Gegeneinladung, und dann ergaben sich einige Lücken in der Erinnerung und daher auch in der Erzählung, sodass nur mehr davon berichtet werden kann, dass er auf dem Nachhauseweg feststellen musste, sowohl seine Brieftasche als auch seine Schlüssel zu vermissen, was ihn offensichtlich dazu bewogen hat, noch einmal zurückzugehen, was er, jedenfalls im Nachhinein betrachtet, lieber hätte bleiben lassen sollen, denn zurück in der Kaschemme muss er sich wohl, nach zunächst zwei oder drei weiteren Whiskeys, auf eine Weise nach den vermissten Gegenständen erkundigt haben, die dann zu einigen Missverständnissen geführt hat, was ihm erstens eine blutige Nase und zweitens den Verlust eines Schneidezahns eingetragen hat, sodass er, ordentlich zugerichtet, kurz darauf auf der Straße gelandet ist, was zwar von Passanten bemerkt wurde, die ihm aber nicht wirklich helfen konnten oder wollten, er also folgerichtig von der Polizei aufgegriffen und als orientierungslos und unbekannt, er hatte ja weder Papiere noch Geld oder Kreditkarte bei sich und war auch sicherlich nicht mehr auskunftsfähig, daher also als unbekannt im Protokoll vermerkt wurde, um ihn anschließend, wegen seines Zustands, im örtlichen Krankenhaus abzuliefern, wo er in den frühen Morgenstunden, obwohl man ihm seine völlig verdreckte Kleidung abgenommen und ihn stattdessen in eins dieser typischen Krankenhaushemdchen gesteckt hatte, spurlos verschwunden ist. Wer weiß, vielleicht irrt er noch immer irgendwo umher, bekleidet nur mit diesem hinten offenen Krankenhaushemdchen.

Wenn man es von hinten betrachtet, das Leben meine ich jetzt, dann eröffnet sich ein ganz anderer Blick darauf, also auf das Leben jetzt mal ganz allgemein. Von hinten gesehen ist das Leben eigentlich reine Zeitverschwendung. Der Satz hallt immer noch ein bisschen nach. Aber sonst ist es still geworden um Kurt.